EL PACTO

BLANCA MIOSI

El Pacto
©Autora: **Blanca Miosi**

©Diseño de portada: ENZOft Ernesto Valdes
©Maquetación: ENZOft Ernesto Valdes

ISBN-13: 978-1523692606
ISBN-10: 152369260X

Impreso en Estados Unidos de América.

El Pacto

Por
Blanca Miosi

A Henry, por creer en mí.

CAPÍTULO I

N unca supo si Cinthia Marlow era su nombre verdadero. En el mundo en el que se desenvolvía era probable que fuese un intento inútil de pasar inadvertida, ya que todo el mundo la conocía por Cinthia, de modo que daba igual que se hubiese llamado Cinthia Marlow o Petra Pérez. La reina de las mujeres del buen vivir, la que poseía técnicas sofisticadas para brindar la mayor cantidad de placer posible y por la que los hombres enloquecían. Cuando la conoció debía de tener veintisiete años más o menos. Al abrirle la puerta, Cinthia llevaba envuelta una bata de seda color rosa té, tenía un cigarrillo en la boca y la miró como si hiciera un esfuerzo por reconocerla. Sus grandes ojos rasgados decrecieron al verla, y después de exhalar el humo del cigarrillo, preguntó con voz cantarina de acento extranjero:

—¿Buscas a alguien?

Margaret no buscaba a nadie en especial. Buscaba trabajo. Tenía hambre, estaba cansada de caminar con la pequeña maleta abarrotada de cachivaches inservibles que eran todas sus pertenencias. Su madre acababa de ser enterrada en una fosa común porque no tenía para el sepulcro y ella, días después, echada a la calle por la mujer que les había rentado la habitación que les servía de vivienda.

—No, señora. Busco trabajo —respondió ella.

—¿Qué edad tienes?

—Diecisiete.

—Eres menor de edad, no te puedo emplear —contestó Cinthia con decepción.

—Por favor, ya no puedo seguir caminando más. Puedo planchar, cocinar y limpiar su casa. No tengo adónde ir, mi madre acaba de morir y yo... quiero seguir estudiando. Terminé la secundaria, pero debo trabajar para seguir... —miró a Cinthia y todo empezó a dar vueltas. Cayó desmayada cuan larga era.

Mirando las luces de la ciudad desde el balcón de su apartamento, Margaret sentía todo tan irreal y lejano que su mente acostumbrada a divagar en soledad, empezó otra vez a jugarle una mala pasada. Los recuerdos: la inutilidad de añorar tiempos perdidos. Pero a veces necesitaba pensar en momentos agradables y los únicos los había vivido en el pasado. Cerró los ojos por un momento y se imaginó a sí misma cuando tenía menos de veinte años y poseía la juventud que le hizo ganar dinero y pagarse los estudios, además de conseguir un buen marido: Edward. Pero más habían sido los años que él pasó enfermo pegado a una silla de ruedas y con la mitad del cuerpo paralizada. Justamente la mitad que podría interesarle a una mujer joven como ella, en aquel tiempo.

Suspiró y abrió los ojos, el olor a lluvia inundó el ambiente. Algo raro en una noche tan despejada en la que podía ver las estrellas y el farol colgado en el firmamento. Se preguntó dónde diablos estaría el creador de todo aquello y por qué lo habría hecho. Una vez más, preguntas sin respuestas. Y esa noche, en medio de su solitaria vida sintió que de nada había valido tratar de ser honesta, decente, justa, y trabajadora. Allí se encontraba ella: una mujer sin marido, sin hijos, y a la que todos decían señora. Sospechaba que era más por su aspecto que por cualquier otra causa noble. Tal vez lo único que había conservado de su belleza eran sus ojos. O su mirada. Hubo quienes dijeron que sus ojos hablaban; era obvio que estando en la cama se podían escuchar toda clase de argumentos. Y sí que había estado en la cama, y con muchos. ¡Qué tiempos! Tenía que reconocer que fue la mejor época de su vida. Pero por tratar de seguir un patrón de conducta inducido por las buenas costumbres decidió cambiar. Habían sido buenos tiempos, suficiente dinero, suficientes comodidades, suficientes hombres y... suficiente placer. Aquel que dijera que ser prostituta era una profesión triste estaba muy equivocado. ¿Qué sería de Cinthia?

Margaret recordaba los detalles de aquel lejano primer encuentro con Cinthia Marlow y volvió a suspirar mirando el cielo nocturno. Un sentimiento de frustración invadió su pecho, una rabia contenida, deseos de haber sido otra, deseos de ser como aquellas personas a las que siempre les salía todo bien, las que parecía lograr sin mayor esfuerzo llegar adonde se lo propusieran. Deseos de ser joven, de ser rica, de amar, de ser amada... Miró la luna que había oscurecido al paso de las nubes, una luna que luchaba por brillar, como ella; observó las estrellas lejanas y, Margaret, que no creía en nadie, que no creía en sí misma y que no creía en Dios, se encontró preguntando:

—¿Puedes escucharme? ¿Puedes escuchar a esta mujer que vive en un pequeño planeta perdido? ¿Podrás encontrarme en la maraña del caos cósmico que dicen que tú creaste? Si así fuese, bastaría un ligero parpadeo tuyo para que mi vida se arreglase... ¡Dios! Si existes, ¡tú sabes qué es lo que más deseo!

Margaret se encontró de rodillas con la frente pegada al piso, como hacían los musulmanes cuando oraban en dirección a La Meca. Un dolor lacerante traspasaba su pecho, como cuando se ama sin ser correspondido; un río de lágrimas bañaba su rostro, como la lluvia balsámica que todo lo cura, y su corazón poco a poco se fue aquietando, se incorporó sintiendo las rodillas entumecidas y volvió a mirar hacia arriba como cuando se desea hallar algo sin saber qué buscar. Después de mucho tiempo había llorado, las lágrimas que se habían negado a salir hacía tantos años cuando su madre había muerto, las que no se habían asomado en la muerte de Edward, las que se negaron a salir las veces que de niña fue vapuleada, olvidada, agredida... esta vez corrían libremente por sus mejillas, y a medida que el llanto brotaba ella sentía que limpiaba su alma. Volvió a elevar los ojos y vio a lo lejos una estrella fugaz cruzar el firmamento. ¿Sería una señal? De pequeña su madre decía que cuando viese una, pidiera un deseo pero siempre pasaban tan raudas que sólo atinaba a contemplarlas con asombro. Fue a su dormitorio en medio de la oscuridad, se echó en la cama, y se sumergió en sus sueños. Las estrellitas acrílicas del techo no brillaban, estaban tan apagadas como su alma.

CAPÍTULO II

Día viernes, día de problemas, y aquél no era la excepción, dos de sus mejores clientes habían cerrado sus puertas. Los negocios no iban bien para Margaret. En realidad para nadie. Recesión, despilfarro y políticos corruptos eran el pan de cada día. Su pequeña empresa de empleos temporales estaba a punto de colapso. No tenía cómo cumplir con los pagos y tampoco de dónde conseguir dinero. Última en salir de la oficina, caminó cabizbaja por los pasillos del centro comercial. Paró a tomar un café y pensar un poco en el futuro. Se fijó que al lado se hallaba un local que no recordaba haber visto. «Lectura del Tarot» decía una placa de bronce desgastada por el tiempo, sobre una puerta de madera. Extraña en ese lugar. Extraña y discreta. Pensó que sería el motivo por el que nunca había reparado en ella y, por un momento, se preguntó qué hacía ella de pie ante la placa y la puerta. Se olvidó del café y su mano se dirigió a la aldaba y la alzó. Escuchó una voz decir: «Adelante», y antes de que tocara la superficie de madera la puerta se abrió. Traspasó el umbral y fue como si hubiera entrado en un mundo diferente. Una lámpara con luz débil iluminaba desde el techo la única cosa a la vista, una pequeña mesa cuadrada. Sentada detrás, una mujer madura le sonreía invitándola a acercarse.

—Buenas noches. Por favor, siéntate —le señaló la silla frente a ella.

—Buenas noches, entré por equivocación, disculpe —dijo Margaret dando media vuelta.

—Espera. Ya que estás aquí, ¿no deseas conocer tu suerte?

—Mi suerte ya la conozco.

—¿No deseas saber tu futuro?

—¿Con qué objeto? No creo en supersticiones.

—Por favor, siéntate —repitió la mujer—. Si llegaste aquí debe ser por algún motivo. No te cobraré nada.

Eran las palabras mágicas en las que creía Margaret. Aunque presentía que cuando algo era gratis podía costarle más caro. Se sentó frente a la mujer, tenía aspecto de una mujer de negocios, más que de una adivina. Su cabello recogido en un moño y la impecable blusa blanca con un collar de perlas negras la hacían ver elegante.

—Muéstrame tu mano izquierda —pidió.

—¿No puede ser la derecha? —preguntó Margaret con cinismo.

—La izquierda es la vida que te falta. La derecha es la que tuviste —contestó la mujer mirándola a los ojos. Margaret cerró el puño derecho de manera involuntaria.

—Aquí veo un retroceso —dijo la adivina señalando dos líneas que iban desde el centro de los dedos pulgar e índice y terminaban mucho antes de llegar a la muñeca—. Es la línea de la vida, pero aparece doble y no es muy larga. Se devuelve; es muy interesante.

—¿Por qué?

—Al devolverse es más profunda. Significa una segunda oportunidad: tendrás todo lo que has deseado pero el precio a pagar será muy caro.

—Ya me imaginaba que algo así vendría. Usted dijo que me atendería gratis.

—No seré yo quien lo haga, mujer. La vida te cobrará lo que te dará en abundancia. Dame tu mano derecha.

Margaret no tuvo tiempo de negarse. La mujer le tomó la mano antes de que pudiera retirarla.

—No es necesario saber nada de mi pasado, lo conozco de memoria.

Se dibujó una sonrisa de malicia en la cara de la adivina mientras miraba con atención las líneas que surcaban su palma.

—Estás preparada con creces para el placer que te viene. No huyas de tu pasado, es inútil. Lo hecho, hecho está. Solo te queda la experiencia. Recuerda: Tendrás mucho, mucho dinero. Es como que una vida nueva se abriera ante ti, disfrútala al máximo, es lo que puedo aconsejarte —concluyó acariciando su palma izquierda.

—¿Y se puede saber cómo obtendré tanto dinero? Estoy en quiebra, mi negocio no funciona, soy un fracaso.

—Si en la palma de tu mano sale que tendrás mucho dinero, lo tendrás. No te preocupes.

—Muchas gracias, al menos me ha servido para darme ánimo —dijo Margaret haciendo un gesto de incredulidad.

—¿No has pensado en comprar un billete de lotería?

—No creo en los juegos de azar.

—Tampoco creías en mí.

—No dije que le creo.

—Tú verás. Pero si compras un billete, que sea de la Lotería de la Florida, es la que más paga y hay un acumulado de muchos millones —dijo la adivina dibujando una sonrisa que para nada cuadraba con su torva mirada.

—¿También lee el tarot? Es lo que dice en la entrada.

—El letrero estaba allí. Solo ocupo el local.

—Debo irme. Muchas gracias, ¿en serio no le debo nada?

—Nada.

—Gracias, señora, de veras… le agradezco su tiempo. Adiós.

—Ten cuidado con los pactos.

—¿A qué se refiere?

—Una promesa se debe cumplir. Ten cuidado con lo que des a cambio. Recuerda que todo tiene un precio.

—Excepto su consulta, claro.

—Fuiste una mujer dedicada a vender tu cuerpo, te casaste

con un cliente pero él fue más una carga que una ayuda. Falleció y tú no tienes rumbo en tu vida. Sé todo sobre ti. Lo leí en tu mano.

Margaret sintió miedo al mirarla. ¿Quién sería? Pensó que lo mejor era salir de ese lugar. El miedo de Margaret se transformó en terror. Dio vuelta y salió de allí lo más rápido que pudo. La puerta se cerró tras ella con un sonido fuerte y seco. Ella no volvió la vista atrás y fue hacia los ascensores. Justo la puerta de uno de ellos se abrió y bajó al estacionamiento del sótano.

CAPÍTULO III

C ondujo por las calles de un viernes abarrotado, cuando sintió que el coche empezó a fallar. Maldijo el auto, el motor, al alternador y de paso al radiador, que dejó de trabajar justo frente a una panadería. Tuvo suerte al conseguir pronta ayuda, uno de los dependientes se ofreció a auxiliarla.

—No se preocupe *doñita*, parece que el radiador tiene una fuga de agua y se recalentó el motor. En media hora se habrá enfriado y podremos echarle agua.

—Gracias...

Fue lo único que se le ocurrió decir mientras escuchaba retumbar en sus oídos la palabra «doñita». Peor no podía ser. Se sentó tras el volante a esperar a que el motor cogiera la temperatura que le agradara. Recostó exhausta las manos sobre el volante, y miró al cielo buscando una ayuda que no acababa de llegar pensando que definitivamente su vida era una porquería. Abrió con dificultad la puerta del coche porque siempre se trababa desde adentro y entró a la panadería a comprar un *baguette*. Pidió un café negro mientras hacía tiempo, no le vendría mal. Con la bolsa de pan en una mano y el café en la otra fue hacia la puerta y miró a su derecha atraída por las luces de colores de neón que prendían y apagaban. Decía: «Lotería Escorpio». Recordó a la mujer y arrugó la frente pensando si debía gastar en algo tan inútil como un billete de lotería. Decidió entrar. El local era bastante grande y surtido, preguntó si vendían billetes de la Lotería de la Florida. Una vez lo tuvo en sus manos no supo qué hacer. Cinco paneles con las letras A, B, C, D y E con cuarenta y siete números debajo de cada panel. En la parte inferior de cada uno diecisiete números más. Terminó de tomar su café y dejó el pan sobre el mostrador.

—Debe marcar cuatro números en cada panel —dijo la chica detrás de la taquilla—. Y un número en cada cuadro de la parte de abajo.

Margaret examinó el billete. Las probabilidades de acertar eran casi nulas; elegir veinte números entre doscientos treinta y cinco. Y no solo eso, en cada panel individual había que acertar los correctos. La mirada impávida de la cajera le dijo que era una tontería.

—¿Lo lleva? —preguntó.

—Sí. ¿Cuánto cuesta?

—Veinte dólares. Su equivalente en moneda local.

Margaret hizo un gesto de desánimo. No podía botar el dinero de esa forma, Extendió el billete de regreso y de pronto tuvo un arranque inusitado. ¿Hacía cuánto tiempo no se daba un gusto? Lo compraría.

Pagó el billete y se dispuso a llenarlo al azar. No había otra manera de hacerlo. Después de marcar los números se lo entregó a la cajera.

Segundos después la dependienta le entregó un billete impreso con los números marcados.

—No olvide firmarlo, es por seguridad —aconsejó la mujer.

Margaret le dio las gracias sintiéndose avergonzada, pensando que debió parecerle una incauta más.

A duras penas pudo aparcar el auto en el estacionamiento. Un Ford con más años de los que ella hubiera deseado. Tenía hipotecada hasta la lavadora. Frente al espejo se observó crítica, mientras escuchaba el ruido del televisor. Estaban pasando el concurso universal de la belleza. Chicas jovencísimas posaban en diminutos trajes de baño mostrando cuerpos esculpidos y senos operados, mientras el jurado conocedor calificaba sus virtudes. Margaret miraba el suyo sin poder evitar las comparaciones. De su juventud quedaban rastros lejanos, ya no era la misma. Los años de dejadez habían dejado huella, y aunque de vez en cuando le dijeran cosas como: «No parece que tuvieras la edad que dices» o «estás magnífica», no pasaban de ser palabras amables. Sabía que los años la habían alcanzado, pero también que conservaba cierto atractivo. Toda mujer sabe lo que tiene. Y lo reconoce en la mirada de los hombres, no de todos, pero tenía ciertos encantos y sabía cómo ejercerlos, el asunto era que después de enviudar no le quedaron muchas ganas de buscarse otra pareja. Ni ganas, ni tiempo. Apagó el televisor y se sentó frente a la taza de té de hierbas mirando cómo se perdían las volutas de vapor a medida que ascendían. Su mente la llevó otra vez a Cinthia Marlow, la tailandesa.

Recordó que al abrir los ojos después del desmayo, lo primero que vio fue su rostro. Al parecer se había desvanecido debido a la falta de alimento. Cinthia se sentó en el borde de la cama y le ofreció una taza de caldo caliente.

—Dime, muchacha... ¿Cómo es que te encuentras en esta situación?

—No tengo dónde vivir. Mi madre murió hace cuatro días y me botaron de la casa donde vivíamos porque no tenía para pagar la renta.

—¿Nunca has trabajado?

—Nunca. Mi madre siempre decía que yo había nacido para ser una profesional, así que me dediqué a estudiar y logré terminar la secundaria. Pero puedo realizar el trabajo que usted me indique.

—Yo no necesito otra empleada doméstica. La que tengo es de confianza.

—¿No podría ponerme a prueba? En estos lugares elegantes creo que se puede tener más de una empleada... no importa que me pague poco.

—Tú no entiendes. Mi trabajo consiste en hacer felices a los hombres, y no creo que sea el lugar que tu madre hubiera preferido para ti.

Cinthia parecía hacer un esfuerzo en utilizar las palabras apropiadas, como si ella, a pesar de ser tan joven, le inspirara cierto respeto.

—¿Es usted una prostituta?

—¡Niña! Eso no suena muy bien. Prefiero ser una dama de compañía.

—Perdón... no quise ofender. Creo que es un trabajo... ¿o no?

—Tal vez sí, tal vez no... —le había contestado Cinthia con una sonrisa—, hagamos una cosa: te quedarás aquí unos días, mientras consigues trabajo en alguna otra parte. ¿Cómo te llamas?

—Margaret.

—Bien, Margaret, le diré a María que te lleve a su cuarto y te acomode. Yo voy a retocarme porque debo salir a hacer una visita. Hablaremos cuando regrese. ¡Ah!, por favor, trátame de tú.

A partir de ese momento ella se había aferrado a Cinthia hasta el punto de hacerla sentir como si fuera una madre sustituta. Sentía que era su única oportunidad si no quería terminar durmiendo en las calles o, tal vez, convirtiéndose en una prostituta callejera. De manera que hizo todo lo que le ordenaba, aprendió a cocinar con María, una experta cocinera, hacía las compras, mantenía la casa inmaculada, quería que Cinthia la considerara necesaria, y al verla salir siempre tan elegante y alegre a lo que llamaba su trabajo, quiso ser como ella, podría ganar mucho dinero y terminar sus estudios. No importaba la forma sino la meta. Deseaba ser una universitaria, después se olvidaría de todo.

—Margaret, querida, puedes estudiar en una universidad del estado por las noches o puedes hacerlo en una privada durante el día, pero entonces no seguirías trabajando porque no te quedaría tiempo para ello. ¿No has pensado en ganar algo más de dinero para pagar tus estudios en una buena universidad? —Al escucharla hacer esa pregunta supo que su momento había llegado.

—Por supuesto. Es en lo único en que pienso, pero no veo cómo puedo hacerlo.

—No deseo proponerte nada, sólo es una idea: ¿Qué te parece si haces lo que yo hago?

Margaret recordó como si lo viera ante sus ojos. La idea le había cruzado por la mente pero no se había atrevido a decírselo. No porque fuese una tarea que la avergonzara, estaba dispuesta a todo; era porque su físico no ayudaba, al lado de Cinthia se veía insignificante, demasiado delgada, sin apenas senos, su cuerpo parecía más el de un muchacho que el de una mujer. Y le había mentido, no tenía diecisiete; hacía una semana había cumplido dieciséis.

—¿Tú crees que podría? Soy demasiado delgada, no creo gustarle a nadie.

—Hay gustos para todos. Eres un poco delgada, pero creo que ese podría ser tu atractivo.

—Estoy dispuesta a hacerlo. Quiero hacerlo.

—Dime algo... ¿eres virgen?

—No. Tuve un enamorado que me dejó por otra.

—Suerte que no saliste embarazada.

—No pensé en ello, pero sí, fue una suerte.

—Supongo entonces que sabes lo básico. Es bueno para partir de algo, pero los hombres que pagan por estar con una mujer, desean algo más que sólo sexo fácil, ¿me comprendes? Algunas veces debemos tener ciertas mañas para hacerlos sentir satisfechos y, sobre todo, hacerles sentir que son bien hombres.

—Entiendo.

—Déjame ver tu cuerpo —dijo Cinthia, y con un ademán quiso ayudarla a quitarse la ropa.

—Espera... yo...

—Hija, si tienes vergüenza de desvestirte, entonces creo que el asunto no va a ser muy fácil para ti.

—No es eso... lo que pasa es que no tengo... Soy plana por todos lados, y demasiado flaca, creo.

—Yo seré quien lo diga. Déjame verte.

Margaret se quitó la blusa y la falda, quedándose en un sostén que no sostenía nada y una pantaleta que parecía una bombacha. Sus senos eran pequeños, y de su cuerpo delgado lo más sobresaliente eran sus largas piernas.

—Margaret, dime la verdad, ¿qué edad tienes? —preguntó Cinthia con extrañeza, al ver sus senos sin el sostén. Sobresalían dos aureolas grandes y rosadas, pero no tenían volumen.

—Diecisiete.

—Necesito ver tu documento de identidad.

Bajó los ojos y quedó en silencio. ¿Cómo pensó que podría engañarla? Había sido una estúpida.

—¿Qué diferencia hay que tenga un año más o un año menos? De todos modos sigo siendo menor de edad —dijo sabiendo que Cinthia deseaba aprovecharse de su apariencia adolescente.

Empezó a cubrir su cuerpo aniñado pensando que el mundo se le venía abajo.

—Me has tomado por sorpresa, Margaret. Yo a tu edad tenía senos, mi cuerpo era diferente. Si no fuera por tu estatura diría que eres apenas una niña.

—Tengo dieciséis. Los cumplí la semana pasada, nunca he tenido relaciones con nadie y soy virgen.

Aquellas palabras que sonaban a derrota, para Cinthia tenían otro significado.

—¿Estás segura de que quieres hacerlo?

—Cinthia, no tengo otro camino. ¿O acaso estás dispuesta a pagarme los estudios? ¿Crees que tenga alguna oportunidad allá afuera? Por favor, déjame probar. Te prometo hacerlo bien. Haré lo que tú digas.

—He visto de todo en la vida, Margaret. Yo misma me inicié siendo menor que tú, pero tengo miedo de que alguien me delate, no quiero problemas con la ley. Soy extranjera. ¿Comprendes? ¿Qué tal si después que estás metida en esto decides denunciarme?

—No lo haré. —Había respondido con tal convicción que supo que Cinthia le había creído.

Ella sonrió y le dijo:

—Querida, eres perfecta. Creo que serás un éxito. Sólo debes aprender a comportarte adecuadamente, yo te puedo enseñar unos trucos y ya verás cómo te lloverán clientes. Hablaré con el negro Horacio.

—¿El negro Horacio?

—Es un buen amigo. Él es quien selecciona mis clientes, no creas que voy con cualquiera. Este es un negocio delicado —enfatizó Cinthia.

—Entonces... ¿Crees que a pesar de todo, yo pueda servir para el negocio?

—Por supuesto. Creo que puedes explotar el aspecto de niña que tienes, y tus rasgos exóticos también ayudarán. Hasta parece que fueses hija mía. Luces joven e inexperta, creo que ese debe ser tu punto fuerte. Te compraré ropa interior adecuada, porque la que llevas es horrenda. Poco a poco aprenderás lo que debes hacer y tu instinto hará el resto. Dime, Margaret, ¿tu madre era china o japonesa?

—No. Mi madre era peruana. Tal vez mi padre haya sido de origen chino o japonés, no lo conocí y mamá nunca me lo dijo. Mira—: dijo sacando una foto de un pequeño bolso de tela.

—¿Ella era tu madre? No parece peruana, es blanca y rubia.

—Tenía el cabello castaño y era muy blanca, tampoco supo quiénes eran sus padres. La crio una madrina que al morir la dejó en la calle. Nunca quiso decirme cómo fui concebida.

—Por obra del espíritu santo no, con seguridad —bromeó Cinthia.

Margaret no sonrió. Su madre había significado todo para ella, y aunque presentía que su vida no había sido un buen ejemplo, comprendía que había sido joven cuando aquello sucedió. Siempre se había esmerado en que estudiase, sentía orgullo de que fuese una niña inteligente, y cuando terminó la secundaria ese orgullo parecía que le iría a hacer explotar el corazón. Jamás la olvidaría.

CAPÍTULO IV

El té de hierbas estaba tibio. Margaret lo tomó despacio saboreando cada sorbo mientras recordaba sus inicios con Cinthia. A esas alturas de la vida, no podría hacer lo mismo, la competencia era grande y ella ya no era tan joven. ¿Qué sería de su vida? Cerraría la agencia de empleos porque no podía ni siquiera darse empleo ella misma. Tal vez perdiera su apartamento. No tenía cómo pagar la hipoteca.

Los sábados eran días de hacer lo que no podía el resto de la semana. Compra de comestibles, limpieza de la casa; no le agradaba tener servicio doméstico, porque no confiaba en nadie, por otro lado, le gustaba andar en camiseta y como le viniera en gana. Pero ese sábado no tenía deseos de hacer nada, y con el auto en mal estado, menos. Trató de relajarse, de no pensar en nada, de sentirse bella, feliz y creer que todo iba a cambiar, como le habían enseñado en un taller de neurolingüística, pero aquellos *mantras* no parecían surtir efecto. Su mente se empeñaba en llevarla por otros rumbos, caminos casi olvidados que últimamente recordaba con frecuencia.

Durante meses Cinthia la había preparado, le enseñó a controlar la vagina, algo que Cinthia hacía a la perfección. Según ella, en Tailandia las mujeres ponían a las niñas a la orilla del mar para que al sentir las frías aguas sus cuerpos se contrajeran, creando en ellas un hábito que después practicaban solas. Aprendió que estar con un hombre no era pecaminoso, como su madre siempre le había advertido, según la tailandesa era un arte que debía llevarse a cabo con sutileza y hasta cierto punto con elegancia.

—Hija, hay mujeres que de buenas a primeras se quitan la ropa y se tienden en la cama, como si con eso fuera suficiente para que el hombre se excite. Es posible que sí, pero no le quedará mayor recuerdo de la mujer. No sentirá deseos de volver a estar con ella, y es probable que pierda buenos clientes, tal vez los mejores, porque ellos son los más selectivos.

—¿Entonces qué debo hacer?

—Compórtate como una chica decente, sin remilgos, por supuesto que ellos saben de qué va la cosa, pero no tienes que ser descarada. Muestra buenos modales, en esto también existe el respeto, es un trabajo como cualquier otro. Tienes que estudiarlos, no todos se comportan de la misma manera ni les gusta lo mismo. Hasta hay quienes prefieren una buena charla en lugar de hacer el amor.

—¿En serio?

—No son la mayoría, pero los hay. Los pobres tienen mujeres tan dominantes y manipuladoras que están hartos de ellas, pero no se atreven a divorciarse para no quedar en la ruina.

—Tengo tanto que aprender, Cinthia, a veces pienso que no serviré para esto.

—Todas las mujeres servimos para esto. ¿O acaso crees que las que se casan son diferentes con sus maridos? ¿Por qué se casa una mujer? Tal vez se enamoren, pero después se vuelven exigentes. Desean ser mantenidas a cambio de sexo. Si no consiguen lo que quieren les duele la cabeza y se niegan a tener relaciones; es cuando nosotras entramos en acción. Si no hubiera tantos hombres descontentos no tendríamos trabajo. También creo que a los hombres les gusta cierta variedad, se aburren con una misma mujer tantos años, llega un momento en que la ven como parte del mobiliario y no hay una grúa que les levante el ánimo —dijo Cinthia riendo.

—Yo no veo qué pueda ver un hombre en mí —dijo Margaret—. Soy tan… insípida.

—No siempre serás así, Margaret, intuyo que llegarás a ser una mujer hermosa, tienes unos ojos preciosos, una piel que pocas veces he visto en chicas tan jóvenes, ¿cómo era el cuerpo de tu madre?

—Mamá era bonita. Todos decían que mis piernas eran como las suyas. Nuestros rostros en cambio no se parecían. Ella tenía los senos grandes, no como los míos.

—Los tendrás, puedo notarlo, a veces las chicas tardan en desarrollarse, pero sé por la forma y la hinchazón de tus aureolas que tendrás unos senos hermosos, ya verás, no te desanimes.

La primera vez que se acostó con un cliente fue absolutamente diferente a como lo había imaginado. No era un hombre mayor ni tampoco tan joven, hasta era atractivo. En esa época ella no sabía calcular la edad de los hombres, pero recordándolo y a la luz de la distancia debía tener unos cuarenta años. Quién sabe qué le habría dicho Cinthia, lo cierto es que la trató como si ella fuese una muñeca de porcelana. La desvistió con delicadeza y quedó desnuda frente a él absolutamente avergonzada. Sentía que las mejillas le quemaban mientras mantenía los ojos cerrados. No quería abrirlos, solo quería que todo acabase pronto. Todas las enseñanzas de Cinthia no servían de nada en ese momento. Solo abrió los ojos con sorpresa cuando sintió los labios de él sobre uno de sus pechos. Acariciaba sus pezones con la lengua y aquello le producía una sensación indescriptible. Nunca había sentido algo igual. Luego él empezó a succionarlos suavemente uno y otro indistintamente, y ella gimió sin poder contenerse, no supo por qué lo hizo, pero después se dio cuenta de que sentía placer. Maquinalmente sus manos se enredaron en el cabello del hombre, y él sabiendo que la había excitado la levantó en vilo sin dejar de besarle los senos y la puso en la cama. Su primer acto sexual fue suave, lento, como si él disfrutara de cada segundo, de cada minuto que pasó a su lado desvirgándola. Después de esa noche pidió estar con ella muchas veces, y Margaret comprendió que hacer el amor o tener sexo no era algo vulgar, desagradable ni pecaminoso como su madre decía. Julio, como decía llamarse, le había enseñado a disfrutar del sexo. Ya Cinthia le había explicado qué era el cunnilingus y aunque al principio le había parecido algo desagradable, cuando aquella primera noche él lo hizo su percepción del sexo cambió radicalmente. Julio del Monte. Jamás lo olvidaría. Estuvo con él y con su hijo. No supo si ellos estaban enterados, pues ni ella miasma lo sabía hasta que una tarde Cinthia se lo dijo:

—¿A quién prefieres? ¿A Julio padre o a Julio hijo?

—¿De qué hablas? —le había preguntado ella.

—De que Julio del Monte tiene un hijo que también se llama Julio y el negro Horacio me dijo que te habías acostado con los dos.

Ella sintió que había cometido un sacrilegio. Aquello no podía ser cierto, pero Cinthia con su desparpajo habitual le restó importancia.

—No lo sabía.

—En este negocio se ve de todo, Margaret, no te inquietes, que no has cometido nada imperdonable. ¿Cuál de los dos te gusta más?

—Ambos me gustan. El padre porque es delicado y me trata como si fuera una muñeca de porcelana. El hijo porque se ve tan inseguro que a su lado parezco una maestra. La diferencia es que con él debo estar más de una vez y a veces no me provoca.

—Eso sucede, Margaret. Los jóvenes son muy impulsivos y se olvidan de nuestros deseos.

Margaret fue convirtiéndose en una mujer sensual, le gustaba el sexo y le agradaba conocer personas nuevas, tenía curiosidad por saber cómo sería el próximo, y tal vez lo que más atraía de ella era que realmente disfrutaba, sus orgasmos eran reales. Tal como predijera Cinthia su cuerpo fue adquiriendo curvas, sus caderas se llenaron, sus senos aumentaron de volumen y toda ella exudaba sensualidad, solo su rostro conservaba la apariencia aniñada que le daban los rasgos asiáticos tal vez heredados de su padre, uno al que jamás conoció. A los dieciocho años Margaret no podía ser más atractiva, y Cinthia estaba orgullosa de ella. No solo por su desempeño en la profesión sino por ser una alumna aventajada en la universidad. Había terminado la secundaria joven y terminaría la carrera antes que muchas. «¿Quién dijo que para estar con los hombres no había que ser inteligente?» Decía Cinthia. Y era cierto. Intuir lo que podía gustarles, cómo debía comportarse, qué debía hacer con uno o con otro sin preguntarle: «¿te gusta así?» Era todo un reto a la inteligencia.

Aunque Margaret ya estaba bastante crecida, logró ejercitar su vagina y el resultado fue una agenda repleta de clientes. El tiempo hizo el resto. Se convirtió en una mujer cuyos atributos físicos no tenían nada que envidiar a los de Cinthia. Su cartera de clientes creció a la par que sus ingresos, y ya no era una o dos veces por semana, atendía todas las noches y los fines de semana a tres o a cuatro clientes. Era tan o más solicitada que Cinthia, lo que empezó a generar cierta fricción entre ellas.

El timbre del teléfono la sacó de sus cavilaciones. Era el conserje para anunciar que el agua sería cortada por unas horas. Eso la llevó a pisar tierra otra vez. Debía tres recibos de condominio, el del teléfono estaba a punto de vencer, y la luz... —¡Diablos!— gritó con fuerza. Estaba harta de todo.

Ya en la noche sintonizó el canal de cable y recordando el billete de lotería que había comprado, lo rescató desde el fondo de su cartera. Al observarlo, tal vez fueran ideas suyas, pero le había parecido verlo titilar. Se sintió un poco ridícula al pensar que estaba dando demasiada importancia a un simple pedazo de papel, pero desde el día anterior se habían apoderado de ella sensaciones extrañas. Ubicó el canal donde transmitían la Lotería de La Florida y se dispuso a observar el programa con el billete en la mano, con la irracional sensación que se tiene cuando se desea que algo ocurra pero que no se quiere admitir. El hombre en la pantalla empezó a cantar los números, y Margaret vio cómo los números que había escogido diferían de los que decía el de la pantalla. ¿Cómo pudo creer en esa farsante? Redujo el billete a pedacitos y los lanzó a la basura.

Ahora tenía menos dinero que antes y el coche no estaba funcionando. Bajó al estacionamiento para revisar el agua, pensó que tal vez si lograba mantener el nivel en el depósito al menos podría movilizarse al trabajo el día lunes. Pasó por los casilleros del correo y recogió unos sobres, publicidad y facturas. Lo de siempre. Al encaminarse al sitio donde guardaba el vehículo se topó con el conserje.

—Señora Margaret, un señor vino esta tarde preguntando por usted. Dejó este sobre, dijo que se lo entregara en persona.

Lo cogió con cierta desconfianza. ¿Sería alguna demanda? Pensó. Agradeció al hombre y sin abrirlo fue a ver el coche. Una acción inútil porque no sabía de mecánica, ojeó el depósito de agua, lo cerró y regresó al apartamento. En el ascensor leyó el membrete del sobre. «Rafael Rovera y Asociados, estudio de abogados». Sintió que la cabeza empezaba a darle vueltas. No presentía nada bueno de un estudio de abogados. Quiso alargar el tiempo para no tener que enterarse de malas noticias, ya no le cabía una más en su vida. Lo utilizó como marcapáginas del libro que estaba leyendo y se sirvió una copa de vino hasta el borde. *A tu salud, Edward, querido...* brindó recordando a su difunto marido.

Y vaciando la copa, se volvió a servir, esta vez brindó por su madre, luego por ella, por su suerte y por cuanto se le ocurrió. Toda una vida esperando, esperando... no sabía qué y de pronto cuando parecía que iría a tenerlo todo... Fue al baño y buscó torpemente en el botiquín las pastillas para dormir, estaba decidida a acabar con todo de una vez, a fin de cuentas a quién podría importarle, no tenía dolientes. El frasco apenas tenía cuatro. Las tomó con una tercera copa y se fue a la cama. Esperaba no abrir los ojos nunca más.

CAPÍTULO V

Margaret no murió. Durmió hasta el mediodía del domingo cuando despertó debido al dolor de cabeza. Pero ella sabía que con cuatro pastillas no moría nadie, era consciente de que había que ser valiente para quitarse la vida y que el dramatismo de la noche anterior ya había desaparecido. Tenía que enfrentarse a los problemas y no sabía cómo. Miró el libro a medio leer: "El poder de la mente", y no pudo evitar una sonrisa burlona. El sobre que hacía de marca páginas le recordó que alguien en algún lugar requería que ella pagase alguna deuda. Abrió el sobre con rabia.

«Estimada señorita Margaret Goicoechea:

Le agradeceríamos se comunique con el señor Luis Álvarez, representante de nuestra firma, quien tiene una noticia que es de su absoluto interés. Se trata del fallecimiento del señor Julio del Monte.»

Atentamente,
Rafael Rovera

Unos teléfonos y una dirección completaban la nota.

Julio del Monte... recordó Margaret. Había fallecido y ella tenía un mensaje de él. ¿Una herencia? ¿Qué más podría ser? Pero él tenía familia, las herencias no eran fáciles de obtener de manera tan sencilla. ¿Cómo la habrían ubicado? Usaban su apellido de soltera, pues ella era Margaret Mirman. Julio debía tener setenta años o poco más al morir, y su hijo unos cuarenta. Su pecho latía de manera alocada, por un momento sintió que le faltaba aire, tuvo que salir al balcón y hacer varias inspiraciones cortas para normalizarse de la taquicardia.

Era el hombre que mejor la había tratado. En ocasiones solo la miraba y sonreía, algunas veces ella pensó que él deseaba decirle algo pero no se atrevía. Cinthia decía que estaba enamorado de ella, pero Margaret nunca le había creído. Solo una vez él le dijo que dejase ese trabajo, que él se ocuparía de que nada le faltase, pero ella se había rehusado. No deseaba pertenecer a nadie, y menos de esa manera. La última vez que lo vio fue cuando le dijo que se casaría con Edward. Para Margaret, Edward había significado un cambio en su vida, se había enamorado de ese hombre delgado y alto de mirada apacible que le había ofrecido matrimonio y vivir en otro país. Empezaría una vida nueva, y efectivamente así fue hasta que él enfermó y todo se fue derrumbando. Una enfermedad degenerativa lo sumió en una silla de ruedas y los últimos años apenas si podía mover los labios. Y ahora eso.

El lunes temprano llamó al teléfono que figuraba en la notificación y quedó en ir a las 10:00.

«Rafael Rovera y Asociados – Estudio de Abogados» decía la placa en la planta baja del edificio. Subió hasta el sexto piso en el ascensor y entró a la recepción. Al anunciarse la hicieron pasar de inmediato.

—Buenos días señorita Goicoechea. Soy Luis Álvarez en representación del difunto señor don Julio del Monte.

—Buenos días.

El hombre le ofreció asiento con un ademán, al tiempo que tomaba asiento detrás del escritorio.

—Como decía la notificación, señorita Goicochea, don Julio del Monte falleció hace dos semanas, y la ha declarado a usted heredera universal.

—¿Cómo dice?

—Lo que ha escuchado, señorita Goicoechea. Hace diecinueve años murió su esposa, y su único hijo hace tres meses. Era divorciado y no tenía niños, y don Julio repartió su herencia entre algunos familiares como él mejor dispuso. El grueso de su fortuna que proviene de su fábrica de hilados de Arequipa, sus acciones del Banco de Crédito del Perú y los bonos del tesoro norteamericano, así como las residencias ubicadas en varios lugares del mundo son ahora patrimonio suyo.

—¿Esto es legal? —preguntó Margaret incrédula.

—Por supuesto.

—¿Cómo supo mi paradero?

—El señor del Monte nos lo dio. Supongo que la une a él algún vínculo... ¿era usted hija suya? En las ocasiones en que se refería a usted lo hacía con mucho cariño.

—Podría decirse... —dijo Margaret intuyendo que era lo mejor—. Casi como una hija. Sí. Pero no supe de él por muchos años.

—Ha sabido recompensarla por esos años de abandono. Su fortuna es cuantiosa, puede considerarse una mujer muy rica. Si requiere de nuestros servicios para seguir administrando los bienes del señor del Monte estoy a su entera disposición.

—¿Qué dejó dicho él al respecto?

—Que fuese usted quien decidiera.

Margaret se puso de pie y cruzó los brazos dando unos cuantos pasos mientras observaba los arabescos de la alfombra. *La mujer había tenido razón...* pensó. De pronto sintió que había crecido un par de centímetros, enderezó la espalda y miró a Luis Álvarez.

—Si Julio del Monte confiaba en usted yo también lo haré.

—Se lo agradezco. Don Julio era una excelente persona, me alegra poder seguir a su servicio.

—¿Cómo se hace efectivo todo esto?

—Solo requiere de su firma, la mía como abogado y un testigo, que puede ser alguna persona que usted conozca, si lo prefiere. Firmaremos ante un notario para que el documento quede asentado en actas. Don Julio posee una casa en este país, podría trasladarse en cuanto usted quisiera, por otro lado, tengo aquí la lista de bienes que...

—Aquí dice «Margaret Goicoechea» y yo soy ahora Margaret Mirman, viuda de Edward Mirman.

—No habrá inconveniente, observe lo que dice aquí: «...será legado a la señorita Margaret Goicoechea, actualmente Margaret Mirman...»

—Todo el tiempo supo todo sobre mí...

—Así parece, señorita, como ve, no hay impedimentos para que todo se lleve a cabo con legalidad.

Lo demás fue como un sueño. Margaret llamó a su secretaria para que sirviera de testigo y ese mismo día pasó a ser millonaria. Había sido más fácil que ganar la lotería.

Regresó a casa eufórica, pensó en regalar toda su ropa usada; vaciaría ese apartamento y terminaría de pagar la hipoteca. Lo rentaría, lo vendería. Pensándolo bien, lo dejaría en manos de Luis Álvarez. La casona que él le había mostrado excedía lo que ella pudiera haber imaginado. Y su coche... se lo regalaría a su secretaria, pero antes lo enviaría a un buen taller. Al día siguiente reunió a las tres personas que trabajaban en la agencia de empleos temporales para anunciarles que cerraría la oficina. Los rostros de sus empleados se ensombrecieron, quedaban sin trabajo, pero eso a Margaret parecía no importarle. De pronto no le importaba nada ni nadie.

—Tendrán una magnífica liquidación, ya verán cómo consiguen pronto otro empleo.

—Margaret... ¿no podríamos seguir nosotros con la agencia? Tengo algunas ideas que mejorarían el negocio... —dijo Krauss, un hombre mayor que hacía de contador.

—¿Buenas ideas? ¿Y por qué no las dijiste antes?

—Lo intenté, pero siempre decías que no darían resultado, por favor, déjame tratar, no te costará nada, así todos seguiremos trabajando y no perderé el empleo.

Margaret lo observó con cuidado. ¿Por qué no? Pensó. Después de todo ella no perdía nada.

—Está bien, Krauss, pero si sigue mal lo cerraré, ¿vale?

—Gracias, Margaret.

Los demás también estaban contentos, las dos chicas sonreían, una de ellas, la secretaria de Margaret.

—Pero no esperen verme por aquí. Dejo el negocio en tus manos, Krauss. Pienso salir de viaje. Para cualquier cosa comuníquense con el señor Luis Álvarez. Ya tienen sus datos y su teléfono.

—No te arrepentirás. Que tengas un buen viaje, Margaret.

CAPÍTULO VI

Margaret se acomodó a su nueva vida con la misma facilidad que había tenido para adaptarse a los buenos y a los malos momentos. Compró un coche de lujo y contrató una pareja de italianos para que se hiciera cargo de su nueva casa, una que parecía haber estado deshabitada por largo tiempo, pero cuyos muebles y obras de arte seguían intactos. Después de saciada su orgía de gastos, empezó a preocuparse por su cuerpo. Ya no había qué le impidiera transformarse. Tenía dinero y no había que preocuparse por el horario, la oficina, los compromisos; fue a un *spa*, y regresó convencida de que no era tan fácil ser joven otra vez. Estaba equivocada al creer que en un lugar de esos le devolverían sus años con masajes y máscaras de barro milagroso. Una piel más suave, algunos kilos menos, no eran suficientes. Buscó en revistas especializadas y se encontró con la ingrata noticia de que si quería un verdadero cambio debía acudir a una clínica para hacerse un chequeo completo de lo que aún tenía bueno, y el resto, si quería cambiarlo o repararlo, debía someterlo a cirugía. Belleza de bisturí. Poco acostumbrada a hospitales y médicos, meditó mucho antes de decidirse. Pero si seguía pensando, el tiempo seguiría haciendo estragos. Y no había tiempo que perder.

Encontró una clínica en Nueva York. La Clínica del doctor Kaufmann. La mejor en cirugía plástica. Pidió cita y allá fue.

—Señora Mirman, el doctor la está esperando —anunció la recepcionista después de unos quince minutos de espera.

—Buenas tardes doctor Kaufmann.

—Buenas tardes, señora Mirman, ¿qué es lo que desea mejorar en su cuerpo?

—Tengo cincuenta años, una edad en la que algunas partes están caídas. El rostro, las comisuras, ¿ve usted? Las tengo muy acentuadas, el cuello ya no tiene la lozanía de antes, mis senos, mi vientre no logro aplanarlo con ninguna clase ejercicios...

—¿Trae las analíticas que le pedí?

—Sí. Aquí las tiene.

El médico las leyó asintiendo.

—Está usted en perfecto estado de salud. Si hay que operar no habrá problemas. Debemos hacer un chequeo. Por favor, Clara, acompañe a la señora.

La enfermera la condujo a otra sala, donde había un espejo de cuerpo entero, una camilla, una cantidad de instrumental médico y aparatos electrónicos, que para Margaret no tenían mayor significado, pero la impresionaron. Luego le indicó que se quitara toda la ropa excepto la braga. El médico llegó después de unos minutos y se paró frente a ella, y con voz impersonal empezó a dictar mientras la enfermera tomaba nota en una ficha.

—Para empezar, tenemos buena materia prima, su piel es firme. Primero: para el rostro, un S lift. Este procedimiento no es muy complicado, una incisión en forma de S, comienza en el pelo, hasta la oreja, parte de atrás, porque necesitamos cortar el exceso de piel, para corregir la flacidez de los músculos de la barbilla y las mejillas. La cicatriz es pequeña y queda escondida detrás de la oreja. Segundo: operación en los ojos, recoger los párpados caídos, esto agranda los ojos a su tamaño natural y rejuvenece la mirada. Tercero: Botox en la frente para evitar que se acentúen las líneas verticales del ceño y las horizontales de la frente, son unas neurotoxinas que se inyectan en ciertas zonas del rostro, causan inmovilidad temporal, sin restarle naturalidad. Cuarto: Láser para borrar las incipientes arrugas y patas de gallo. Quinto: inyecciones de colágeno, muy poco, para borrar las arrugas de arriba de los labios. No en los labios, sus labios tienen buen volumen natural. Sexto: senos, el tamaño está bien, pero si prefiere podemos efectuar unos implantes, al eliminar la grasa de los lados podrían reducir su tamaño. Llevarlos un poco hacia arriba, no mucho, para que se vean naturales. Séptimo: Abdomen, eliminar la grasa en estas zonas, cortar la piel sobrante. Todo esto redundará en la piel de la espalda, desaparecerán los pequeños «rollos» que se forman a los lados de la espalda, y al alisar el vientre, se elevará la piel de los muslos y el *dérriere*. Entonces habremos terminado el trabajo. Puede vestirse por favor.

El doctor dio por terminada la sesión y regresó a su consultorio. La enfermera salió con sus apuntes. *¿A quién quiero engañar?* El impulso que la llevó a efectuar esos cambios no parecía muy claro. Era obvio que deseaba lucir mejor, y también que algún provecho esperaba de ello. Terminó de vestirse rápidamente y regresó al consultorio donde el cirujano la esperaba.

—Señora Mirman, el examen que le acabo de efectuar es algo muy general, no es preciso que usted se haga todo. Puede hacerse el rostro o el cuerpo o la parte que para usted sea la más importante, lo primordial es que tiene una piel bastante buena, sus manos lucen tersas y juveniles, su aspecto en general está muy bien conservado y está en el momento apropiado para efectuarse cualquier mejoramiento. Si lo prefiere haría ligeros retoques, podría esperar un tiempo si no se siente muy segura.

—Deseo verme bien, doctor. Usted enumeró siete puntos, y todos me parecen importantes. Confío en su criterio, quisiera empezar cuanto antes, no dispongo de mucho tiempo. ¿Cuánto tardará todo?

—Lo del S Lift y botox es realmente rápido y sencillo, unas dos horas, esto es para evitar las futuras arrugas, usted aún no las tiene, si lo desea podemos obviar este paso. Lo del cuello y senos otro tanto. La parte que tal vez tome un poco más de tiempo es el abdomen. Creo que debíamos empezar con el rostro y luego de tres días los senos, una semana después el resto. De todos modos estas cirugías no son muy complicadas. La recuperación puede ser algo lenta, dos a tres meses, para que desaparezcan la inflamación y los hematomas, puede haber descoloramiento en la piel, pero es normal al principio. Pondremos a su disposición una enfermera privada el tiempo que sea necesario.

—¿Cuándo puedo empezar?

—Hoy. Necesitaremos unas fotografías de su rostro, también de su cuerpo, la enfermera le indicará todo lo que requiera saber. Mañana puede estar preparada para la primera operación.

—De acuerdo. Muchas gracias, hasta mañana, doctor.

El médico permaneció pensativo frente el escritorio, era uno de los mejores cirujanos de Nueva York. Había escrito libros acerca del mejoramiento y renovación de la cirugía plástica. Su famosa clínica quedaba en la Quinta Avenida; era como un mini-hospital. El caso le pareció interesante. Sabía que iba a resultar todo un éxito. Al estudiar la ficha médica se dio cuenta que era de las pocas y raras mujeres que tenían excelente salud, y una apariencia natural bastante más que aceptables para su edad. Su cuerpo era bastante armonioso, ni muy baja ni tan alta, las piernas torneadas, no tenía problemas de grasa a los lados de los muslos. Cerró los ojos e imaginó algo muy parecido a lo que pensaba hacer. Tenía su expediente frente a él. Lo abrió y tomó una foto de ella de hacía veinticinco años, era de medio cuerpo, miraba la cámara sonriendo ligeramente, una mirada interesante, hermosos ojos, pensó. Los labios habían conservado la turgencia y forma como aparecían en la foto. Unos labios que muchas mujeres de la actualidad quisieran tener con colágeno. Felizmente no tenía necesidad de engrosarlos. Casi nunca quedaban bien. Haría un buen trabajo. Un magnífico trabajo.

Margaret nunca se había distinguido por ser una mujer de sentimientos profundos, para ella la vida era como era y no había más que hacer. Pragmática por naturaleza, no se detenía a sopesar las consecuencias de sus actos, simplemente vivía lo que le tocaba vivir. Así fue cuando empezó con Cinthia, así fue cuando creyó estar enamorada de Edward y después él enfermó. Lo cuidó con esmero y no sufrió por ello, simplemente hizo lo que debía hacer. Igualmente ocurrió con Julio del Monte, ella hacía su trabajo y él era muy generoso. Claro que hubo momentos en los que notaba que él deseaba algo más de ella, pero su posición social, su estado y muchas cosas más la habían desanimado a entusiasmarse, porque era improbable que ese hombre de edad madura abandonase a su familia para casarse con ella, y si de algo estaba segura Margaret era de que ella no sería amante de nadie. Era una mujer que cobraba por sexo, lo cual era muy diferente. Un trabajo como cualquier otro.

Y ahora tenía su fortuna, ¡quién lo diría!, tal vez él de verdad la había amado, o simplemente no tenía a quién dejársela. Pero Álvarez había dicho que la tenía presente; era un hecho que él siempre estuvo enterado de lo que a ella le ocurría. Qué bien que Álvarez creyera que era una probable hija ilegítima.

CAPÍTULO VII

Un mes después de las operaciones Margaret aún estaba convaleciente. Había pasado varios días en la clínica bajo los cuidados del doctor Kaufmann y en cuanto pudo regresó a su país. Volvería a la consulta según lo acordado en setenta y cinco días. Usaba una faja modeladora desde el busto hasta el bajo vientre para evitar que el resultado de las cirugías perdiera efecto. La inflamación gradualmente cedía y el aspecto descolorido de su rostro también, aunque todo el proceso estaba siendo más doloroso de lo que había imaginado.

El médico le había aconsejado no volver a subir de peso debido a que la piel se estiraría otra vez, y la ingestión de una dosis diaria de 1000 miligramos de vitamina C y 800 de vitamina E. Usar un buen humectante con filtro solar y alguna crema con ácido alfa-hidróxido; según él ayudaría a reparar el daño causado por el sol en las fibras de colágeno y en la elastina de la piel. Le recomendó una especialista en restauración de la piel en un centro de estética en Miami, el tratamiento ayudaría a acelerar el proceso de cicatrización.

Al cabo de dos meses y medio, dejó de usar la faja y notó que se había acostumbrado a una nueva postura; tenía el vientre contraído, al igual que el abdomen, de manera que era como tener una faja natural. Su rostro se había recuperado de los traumas de la operación y se veía perfectamente natural. Lucía mucho más joven de lo que se había imaginado antes de la operación. Extasiada ante el espejo admiraba su recuperada juventud, sus ojos se habían agrandado, el óvalo de la cara estaba definido, su incipiente papada había desaparecido. Su cuerpo había recuperado las curvas, volvía a tener la fina cintura de cuando era joven, suaves caderas, vientre plano, senos firmes. No eran implantes, pero estaban ligeramente más altos, lo suficiente para que se vieran naturales. Al ver su espalda en el espejo comprobó que no existían más los pliegues que parecían una fea mueca arriba de la cintura. Sus nalgas tensas y bien formadas. Como antes, como cuando trabajaba con Cinthia y su cuerpo era apetecible... mientras se miraba en el espejo de cuerpo entero sentía renacer unos deseos que hacía tiempo creía olvidados, una excitación que ella conocía bien, y que sólo podría ser calmada de una manera. Supo que aún era mujer y deseó lucir el cuerpo que veía en el espejo, ¿para qué querría la belleza sino iba a ser admirada?

Cuando se presentó al centro de restauración de la piel en Miami, fue entrevistada por la doctora Quiroga, una chilena especialista en aminoácidos y sus resultados en la piel. Llenó una ficha con sus datos. Se dejó conducir por una joven por los amplios pasillos de aquel lugar de ensueño, rodeado de vegetación y decorado de teatro. Se sentía como la estrella de una obra, disfrutando del servicio que su dinero podía pagar.

Recostada en la penumbra de un saloncito perfumado, mientras escuchaba el relajante sonido de las olas del mar que emitía un aparato electrónico, su estrés iba desapareciendo porque Margaret, a pesar de poseer todo lo que nunca había tenido empezaba a sentir la angustia de que todo fuera un sueño y que de un momento a otro se esfumase. Para ella era demasiado bueno para ser verdad. Cada día recordaba a Julio del Monte y pensaba que algún familiar avispado saldría con una demanda, aunque Luis Álvarez le reiteraba que no existía tal posibilidad. La atmósfera sana y tranquilizante, donde la doctora Quiroga con voz calmada y apacible la examinaba con una luz que hacía translúcida la piel y que ella le explicó que se llamaba Wood, terminó por adormecerla. Siguieron diez días de sesiones de suaves masajes, en manos de un personal dedicado a aplicar toda clase de mezclas naturales y vendas en su cuerpo, disfrutando de la sensualidad que sus manos provocaban. Se imaginaba ser una diosa, pensaba que tal vez Cleopatra la hubiera envidiado al verla surgir de aquellos baños como una ninfa. Día a día sus deseos dormidos despertaban; Margaret sabía que su juventud recuperada era artificial, pero aquellos días prefirió pensar que el tiempo había retrocedido, no quería romper el hechizo, no deseaba despertar de su letargo y se dejaba llevar por sus ensoñaciones.

El tratamiento llegaba a su fin y manos expertas arreglaron su cabello, que había dejado crecer hasta los hombros, lo dejaron sedoso, brillante y con volumen. Los reflejos dorados le daban apariencia de soltura y movimiento que hacía mucho tiempo no tenía. No había lugar en su cuerpo que hubiesen descuidado; manos, pies y vello corporal removido. No más protuberancias y callos, no más asperezas. Margaret acariciaba su cuerpo y sentía su piel sedosa, renovada... era otra.

Rafaela Quiroga le había tomado simpatía, acostumbrada a tratar a mujeres cuya única preocupación era conservar el físico en buenas condiciones, vio en Margaret algo diferente. No parecía ser como otras clientas. Sabía su edad y admiraba los resultados de la operación, le llamaba la atención su pronta recuperación de las operaciones y la perfecta cicatrización de su piel. Era uno de los mejores resultados que había obtenido su amigo, el doctor Theo Kaufmann.

—Debo ir a Nueva York, tengo cita con el doctor Kaufmann. Dijo que debía examinarme dos meses y medio después de las operaciones.

—Creo que quedará satisfecho, Margaret. No tienes marcas, manchas, ni cicatrices, estás perfecta. Si no lo supiera, diría que tienes treinta, a más, treinta y cinco años.

—Sé que te parecerán tonterías todo este afán de conservarme joven, Rafaela, pero fueron muchos años de abandono. No me engaño, sé cuántos años tengo, pero me ilusiona verme así.

—¿Y a quién no? Es un deseo natural, no solo de las mujeres, muchos hombres se hacen tratamientos similares hoy en día. Puede ser la diferencia entre el triunfo o el fracaso.

—Lo sé, lo sé, pero a veces me siento tan superficial que...

—Deja el sentimiento de culpa, Margaret. Puedes hacerlo y estás en tu derecho. Nadie tiene por qué enterarse de tu verdadera edad si no lo deseas. Estoy segura de que tu médico quedará encantado con los resultados. El tratamiento que hacemos aquí debe repetirse cada seis meses como mínimo, la depilación y la parte cosmética la puedes hacer en cualquier centro especializado, pero el de aminoácidos lo debemos hacer aquí. Me gustaría invitarte a cenar a casa esta noche, ¿qué dices? Conocerás a mis hijas.

—Acepto encantada, Rafaela, muchas gracias.

Margaret pensó que tendría ocasión de lucir algunos de los atuendos en su nueva figura, y al mismo tiempo le pareció un pensamiento tan pueril que se avergonzó de sí misma.

Desde su suite Margaret se asomó a la ventana. Contempló el mar mientras tomaba un sorbo de vermut. El lujo que la rodeaba ya le era familiar, se había acostumbrado a ser tratada como un personaje importante, y ella también había modificado su actitud con los demás. Le hubiese gustado tener a su lado un hombre a quien amar, a quien mostrarse como estaba, ¿podría conseguirlo? Se preguntó. Con dinero todo se podía, pero no la clase de hombre que ella quería. Esperaría. Empezó a comprender a los hombres que le habían pagado por unas horas de placer. Siempre pensó en ellos como clientes, ahora entendía que lo que se conseguía en esos casos era sólo sexo, aunque algunos quisieran confundirlo con amor.

Se vistió para salir, comprobando que la talla siete volvía a ser suya y que cualquier ropa que usara la hacía verse bien. No era la ropa; era ella. Sonrió satisfecha.

La cena compartida con Rafaela y sus hijas le puso los pies en la tierra. Era muy diferente a como se comportaba en el *spa*, tenía el trato cálido y amistoso de los chilenos, y sus hijas eran dos niñas preciosas. Por un momento Margaret lamentó no haber tenido hijos. Jamás había pensado en ello, se admiraba de tener esa clase de ideas, pero al ver la armonía del hogar de Rafaela le vino a la mente que tal vez el dinero no lo era todo. Trató de dispersar su atención diciéndose que no era cierto. El dinero era todo. Hasta podía comprar felicidad. Tal vez si deseaba más adelante podría adoptar los niños que quisiera.

La velada fue agradable. Cerca de las once se retiró y condujo hasta su hotel. Julio del Monte le había dejado una casa en Miami pero no estaba acondicionada para vivir, tendría que ocuparse de ello después.

Cuando cruzó el umbral del consultorio del doctor Kaufmann él reconoció su mirada. La felicitó por su apariencia y preguntó si había sentido molestias y todo lo que se supone debía averiguar. Después llamó a la enfermera y fue conducida a la sala donde fue examinada la primera vez. Una vez desvestida, el doctor se presentó en la sala y contempló su obra. Impresionante, pensó. Su piel después de los tratamientos con Rafaela estaba lisa, pulida, suave al tacto, de un color parejo, uno de los mejores resultados que había visto. No encontró apenas vestigios de las cicatrices, le parecía prodigioso, algo casi milagroso.

—Perfecto. Todo está perfecto —dijo—. La felicito. Vístase, por favor. La espero en mi consultorio.

Margaret se vistió y fue hacia allá.

—Estoy impresionado con los resultados. Tiene muy buena cicatrización, su apariencia es el de una mujer con veinte años menos.

—Gracias a usted, doctor.

—No. En este caso no todo es gracias a mí. Creo que usted posee un grado de recuperación poco usual.

La observó y recordó el día en que imaginó cómo quedaría. Parecía mágico, frente a él tenía a una mujer que aparentaba poco más de treinta años. Y esos ojos… inolvidables. Era su mirada. Parecía hablar con la mirada, y a pesar de que no era provocativa o tenía connotaciones sensuales, sintió una ligera incomodidad.

Margaret sonrió.

—Usted dijo que tenía buena materia prima, debe ser eso. Solo me falta algo para completar su obra. Tengo presbicia. No mucha, pero no quisiera usar lentes para leer. ¿Conoce a alguien que pueda solucionarlo?

—Sí, puedo llamarlo y concertarle una cita.

—Me alojo en el Hotel Plaza. Este es el número. Le extendió una tarjeta y anotó el número de su habitación. Muchas gracias, doctor. No deje de avisarme, por favor.

—Con mucho gusto, si no la encuentro le dejaré el mensaje.

Al quedar solo Theo Kaufmann caviló. Podía haberle dado la dirección o el teléfono de la clínica para ojos y hubiera sido suficiente. Margaret le gustaba. Se sentía irremediablemente atraído por ella. A lo largo de su carrera como cirujano había visto mujeres hermosas, estaba acostumbrado a verlas con y sin ropa. Claro que en algunos casos se había sentido incómodo ante alguna, era inevitable, pero la ética de inmediato lo regresaba a su postura de médico. Margaret no lo había impresionado tanto por su belleza física. Era otra clase de atracción la que empezaba a sentir por ella, intangible, no podía explicarlo con claridad. Al verla solo con la braga había empezado a sentir una erección, lo cual hizo que saliera de la sala de manera apresurada. Algo como eso no era frecuente, ella no era una belleza despampanante que quitara el hipo, no de esa clase. Sucedió algo en esa sala que despertó sus instintos y de eso sabía bastante. Se sentía como un insecto al que la hembra le hubiera lanzado sus feromonas para atraparlo. ¿Podría existir algo como eso? ¿Acaso los seres humanos podían hacer uso de las feromonas a voluntad? Él siempre se resistió a creer que aquello era posible, pero ya no estaba tan seguro. Buscó el número de su amigo oftalmólogo e hizo una cita para ella al día siguiente. La llamaría y la invitaría a cenar, tenía que salir de dudas. En realidad deseaba verla, era simplemente eso.

Mientras tanto, Margaret caminaba despreocupada por la Quinta Avenida sin rumbo fijo admirando las espectaculares vidrieras hasta llegar al Rockefeller Center. El viento azotaba las calles, todos apresuraban el paso; los gruesos abrigos, las orejeras y los altos cuellos apenas dejaban ver los rostros de la gente; para ella todo era novedoso, disfrutaba al sentir el frío en la cara, abrigada con un confortable abrigo de piel y altas botas, saboreaba con placer esos momentos que sabía no serían eternos, como nada lo era. Nada, ni ella misma aunque tuviera mucho dinero. No tenía otros planes sino gastarlo, al fin y al cabo solo era joven de apariencia, el tiempo era inmutable, en veinte años más tendría setenta... evitó pensar en ello y se encontró en un lugar estupendo. «Sea Grill» decía el aviso. Daba a una pista de patinaje, se sentó frente a los ventanales y pidió la especialidad de la casa.

Regresó al hotel en taxi pese a que la distancia no era muy larga, no deseaba abusar de su buena salud. Casi a las seis de la tarde sonó el teléfono.

—¿Señora Mirman? Tiene una llamada.

Era el doctor Kaufmann.

—Buenas tardes, doctor, dígame.

—Tiene una cita con el doctor Steve Brown mañana a las nueve y treinta. Es un excelente oftalmólogo.

—Se lo agradezco y lamento si le causé alguna molestia.

—No es molestia, todo lo contrario. ¿Qué piensa hacer hoy? Me gustaría invitarla a cenar.

—No tenía planes, se lo agradezco, no conozco a nadie aquí.

—Pasaré por usted a las ocho, ¿le parece?

—Me parece muy bien, muchas gracias, doctor.

—Llámame Theo, por favor.

—Gracias, Theo, te espero a las ocho.

CAPÍTULO VIII

Se saludaron con un breve beso en la mejilla como si se tratara de viejos amigos, salieron y tomaron un taxi del hotel. Dentro del coche él se percató del exquisito aroma que desprendía Margaret, era una mezcla de maderas, jazmín y algo más. De ninguna manera eran feromonas. Durante el trayecto él iba indicando uno que otro sitio; las calles a pesar del frío bullían de gente. Llegaron al restaurante Le Cirque. Dejaron los abrigos en el guardarropa y Margaret quedó con un atuendo rojo que le sentaba de maravilla. El *maitre* los condujo a una mesa previamente reservada. Un lugar exclusivo frecuentado por celebridades. El ambiente era íntimo, Theo la miró con sus penetrantes ojos grises y sonrió al contemplarla y verla tan hermosa, era su obra, o al menos así lo creía. Ella también lo miraba preguntándose en qué terminaría aquello. Y mientras admiraba su obra Theo empezó a hablar de generalidades, le explicó cómo ir a la dirección del oftalmólogo y de qué trataría la pequeña intervención, le habló de él, habían estudiado juntos y se conocían de toda la vida. Se enteró de que Theo no tenía una relación seria, pero por lo que dejó entrever comprendió que era un mujeriego. Tenía treinta y nueve años. A su lado, era un muchacho.

—Margaret, me gustas —dijo Theo de manera repentina.

—Lo sé.

—¿Lo sabes? —preguntó sorprendido por la respuesta.

—Claro. ¿Por qué me invitarías a salir, si no?

La sonrisa divertida de Margaret lo apabulló. Recordó que era una mujer de cincuenta años. Se sintió pillado. Como si hubiera sido descubierto haciendo una travesura.

La cena transcurrió tranquila, sin muchas palabras, todo parecía estar dicho y entendido, no había más que agregar al asunto. Ella comió frugalmente, él tomó más vino. Al final de la cena Theo se dio cuenta de que ella sabía más de él que él de ella. Margaret se convirtió en un misterio para él, había algo que ella se guardaba y él no iba a ser quien preguntara. Pensó que era una mujer fascinante. Justo el efecto que ella deseaba. Le divertía pensar que un hombre tan atractivo y joven estuviese interesado en ella, sea para salir a cenar o pasar una noche en la cama, y lo mejor era que él sabía su verdadera edad.

—¿Y por qué te divorciaste?

—Ella fue quien pidió el divorcio.

—Comprendo.

—No es lo que tú crees… fui un buen marido. Lo siento por los chicos, pero no lo tomaron muy mal.

—Supongo que eras tan bueno que ella decidió dejarte.

—Para qué negarlo… a veces salía con alguna amiga, pero no era nada serio, créeme.

—Lo sé. Los hombres necesitan variedad, está en su naturaleza.

—Tú comprendes la realidad de la vida, el hombre es un cazador, un ser libre, y necesita serlo para sentirse importante. Las mujeres son más complicadas, todo se lo llevan muy en serio, el matrimonio no tiene por qué ser una cárcel.

—Una cárcel a la que van haciendo votos de fidelidad hasta que la muerte los separe. Si no van a cumplir ¿por qué lo prometen? ¿Qué harías si tu mujer se acuesta con otros de vez en cuando?

—Es diferente, ella es la madre de mis hijos.

—Y supuestamente tú eres el padre. La mujer es la única que sabe quién es el padre de sus hijos. ¿Lo sabías, no?

Theo hizo un gesto de desagrado, la conversación derivaba hacia un lugar que no le estaba gustando.

—Para qué hablar de eso, hace ya seis años que nos divorciamos, y yo he madurado, sé que tuve la culpa.

—Tengo sueño, es tarde, será mejor que nos vayamos.

—Tienes razón, pediré la cuenta.

La dejó en el hotel y se fue. Supo al mirarla que no podía esperar nada de ella, al menos no esa noche. Y Margaret subió a su suite satisfecha de sí misma, de su imagen y de la impresión que había causado en un hombre joven. Recordó sus días con Cinthia y pensó que los hombres nunca cambiarían, serían eternamente iguales, dueños de la verdad y de su errada creencia de ser superiores a las mujeres. Hacía unos meses pensaba que estaba muy vieja para ejercer la profesión y ganar dinero. En esos momentos era rica y tenía la juventud que había deseado para ejercer de prostituta, pero todo había cambiado, no necesitaba hacerlo. Sus necesidades eran otras, deseaba tener sexo por el puro placer de estar con un hombre, sin embargo esa noche se acobardó. Tal vez porque Theo sabía quién era ella. Era su médico. Si hubiese sido otro, tal vez… Se dio un baño en la tina con las sales de Rafaela y después se masajeó el cuerpo con las cremas preparadas especialmente para ella. Le había dicho que no dejara de hacerlo todas las noches y Margaret lo cumplía al pie de la letra. Luego se fue a dormir y el sueño llegó de inmediato.

El médico oftalmólogo no creyó conveniente que se hiciera alguna operación, pues la presbicia que presentaba era muy leve. Y para Margaret fue curioso notar que podía leer sin dificultad las letras pequeñas.

—No encuentro que tenga presbicia, señora Mirman, el cansancio visual suele jugar malas pasadas.

—Pero yo he estado usando lentes desde hace varios años, debe de haber una explicación.

—Explicación como tal no la encuentro, lo que sí puedo decirle y usted lo ha comprobado es que está viendo mejor que antes. Tal vez el cristalino se haya vuelto más flexible, es muy raro, pero podría ocurrir. También es probable que haya tenido un cambio de ocupación, el uso de la vista de manera fija y constante hace que ocurra cierto desgaste. ¿A qué se dedica?

—A vivir —respondió automáticamente Margaret—. Estoy de vacaciones —aclaró.

—Ya ve usted, tal vez necesitaba un descanso visual.

—Tiene razón, el uso del ordenador fatiga la vista. Me alegra saber que no necesito operarme.

—Le recetaré unas gotas y si vuelve a tener molestias comuníquese conmigo. Es usted muy joven para tener presbicia.

—Gracias, doctor —se limitó a decir. Parecía que Theo no le había hablado de su edad y ella no pensaba aclararlo.

Se despidió con su autoestima por las nubes, ¿qué más daba si a sus cristalinos le habían dado por volverse flexibles?, lo que importaba era que no tendría que usar esos molestos anteojos que delataban su edad. No obstante en su mente subyacía el hecho de que su organismo no compaginaba con su aspecto exterior. Tampoco su mentalidad: tenía pensamientos de una mujer de cincuenta; había vivido apartada del segmento al que correspondía su apariencia actual, las mujeres, las personas en general son parte de una generación.

Theo por su parte se sentía atraído por Margaret, pero empezaba a dudar si era porque su instinto de macho se había despertado por algún motivo en el consultorio o por la inquietud, la curiosidad que le producía una mujer de cincuenta con una apariencia tan juvenil. Como médico le parecía un caso anómalo, casi una rareza, y en esos momentos, lejos del influjo que ella ejercía sobre él, decidió que tenía que llegar hasta las últimas consecuencias, debía hacerle el amor, saber si sus reacciones sexuales, si sus deseos y sus órganos genitales funcionaban iguales a los de una mujer en la plenitud de sus aptitudes reproductivas. ¿Pero qué estaba pensando? Se detuvo por un momento. ¿Acaso no era él quien la había operado?, había visto por primera vez a una señora que representaba cincuenta años, pese a que sus rasgos faciales sutilmente asiáticos la hacían parecer más joven. El resultado de las operaciones generalmente era bastante bueno, pero siempre se podía notar la edad que subyacía tras una apariencia transformada quirúrgicamente. El ojo de un cirujano es como el de un artista, puede notar la rinoplastia más perfecta, porque las facciones tienen una métrica y una simetría únicas. Lo de Margaret no encajaba en nada de lo que él hubiera visto antes.

La llamó al día siguiente, y al posterior a este, pero Margaret siempre estaba fuera y no respondía a sus llamadas. Sabía que continuaba en Nueva York y su amigo Steve le había dicho que no requería ninguna operación para resolver su problema de presbicia pues su vista era casi perfecta. ¿Vista casi perfecta a los cincuenta años? Aquello le produjo escalofríos.

Margaret recibía los mensajes de la recepción y dudaba en volver a verlo. Era el único que sabía su secreto. Ella estaba decidida a pensar, sentir y aparentar ser una mujer joven, no podía liarse con el hombre que lo había hecho posible. Pero el gusanillo del deseo empezaba a apoderarse de su vientre. Theo era atractivo y joven, podría ser un buen reinicio en su vida sexual, era una situación ambivalente en la que saldría perdiendo si ella se enamoraba. Recordó a su madre y lo mucho que le había hablado acerca del amor. «El amor no existe, Margaret», decía. «Los hombres son incapaces de enamorarse, cuídate de ellos, jamás te enamores». Pero su madre le había hecho prometer muchas cosas más que ella no había cumplido. Eso de llegar virgen al matrimonio y de que el sexo era malo, no iban para nada con ella. No obstante, el hecho de que su madre hubiera sufrido tanto por amor, sí había calado hondo. Tenía miedo de enamorarse, por Edward había sentido una mezcla de atracción, comodidad —al principio—, y después el sentido del deber al cuidarlo. Había sido un buen hombre y lo merecía. El teléfono repicó sacándola de su abstracción.

—Señora Mirmam, una llamada del doctor Theo Kaufmann.

—Muchas gracias, comuníquelo, por favor.

—¿Margaret?

—Hola, Theo, ¿cómo has estado?

—Eso mismo quería saber yo. No sé si recibiste mis mensajes…

—Sí, disculpa que no te haya devuelto la llamada pero iba de compras y regresaba demasiado tarde. Me alegra mucho escucharte.

—Me preguntaba si desearías salir a cenar.

—Por supuesto.

Quedaron en verse esa tarde. Él pasó por ella en coche y la llevó a los Hampton.

—¿Me estás secuestrando?

—Ya falta poco, quiero mostrarte que soy un buen cocinero, estamos yendo a mi casa.

Si Margaret todavía dudaba, en ese momento decidió lo que iba a pasar. Haría el amor con Theo. Ambos lo sabían. Y ella lo deseaba más que nada en el mundo, no había experimentado un deseo tan urgente antes.

Se detuvo después de cruzar la verja frente a una hermosa casa de paredes de piedra a la sombra de árboles desnudos que se batían contra el viento. Empezaban a caer los primeros copos de nieve. Entraron rápidamente al confortable calor del salón proveniente de la chimenea. Él la ayudó a quitarse el abrigo y al tenerla frente a él no dudó en besarla en los labios. Había estado deseando hacerlo desde la noche del restaurante. No. Antes: desde que la vio en su consulta y sintió ese deseo irrefrenable. Los labios de Margaret eran suaves, carnosos, se perdió en ellos con avidez, casi con desesperación.

Ella dejó que él se solazara, intuyó que era de los hombres que tomaban la iniciativa, así que lo dejó hacer. Uno a uno fue soltando los botones de su blusa, después el último bastión: el *brassiere* de encaje tras el que se ocultaba un par de pechos hermosos, llenos, turgentes. Theo los contempló con atención, eran perfectos. Naturales, solo los había elevado, no tuvo necesidad de implantes, pero en ese momento notó que estaban un poco diferentes a como los había visto la última vez hacía unos días. La miró a los ojos y Margaret echó la cabeza hacia atrás, ofreciéndoselos. Ella sabía cómo hacerlo, no había perdido el toque exquisito que la hiciera tan solicitada cuando era joven, y Theo esa tarde conoció un sexo que no había tenido jamás. Y el aroma… ese aroma que despedía el sexo de Margaret lo enloquecía, tenía cierta fragancia a almendras. Y ella estaba orgullosa de su cuerpo, no tenía vergüenza de exhibirlo, también se sentía satisfecha al saber que funcionaba como si los años no hubieran pasado, sus contracciones eran tan fuertes como antes, y Theo experimentó los mejores orgasmos de su vida.

—Debemos regresar —dijo Margaret mientras se dirigía al baño.

—¿Regresar? Es viernes, no trabajo mañana.

—¿Nunca tienes emergencias? —alzó la voz desde el baño.

—En mi tipo de trabajo muy rara vez.

Ella cerró la puerta y abrió la ducha. De ninguna manera se quedaría todo un fin de semana si esa era la idea de él. Tenía que darse su baño de sales y las cremas de Rafaela, dependía de ellas para seguir así.

Theo contempló cómo su miembro flácido volvía a endurecerse al imaginarla en la ducha. ¿Cómo era posible? Margaret no era una mujer real, debía ser un ángel caído del cielo, solo ellos podrían tener ese don de transformación, y brindar tanto placer. Un ángel o un demonio. Recapacitó. Ya no era un jovenzuelo al que cualquier mujer pudiera enloquecer, pero ella lo estaba logrando. Entró a la ducha y se bañó con ella, los jugueteos los llevaron a complacerse una vez más y esta vez comprobó que la boca de Margaret tenía cualidades inauditas.

—Te quiero, Margaret.

—¿Me quieres o me amas?

—¿Existe alguna diferencia?

—Mucha.

—Hablo en serio, quédate conmigo.

Aunque lo quisiera no podría ser, Theo. Debo regresar al hotel, Rafaela me indicó un tratamiento que debo cumplir estrictamente.

—Olvídate de eso, no lo necesitas. Eres perfecta y seguirás así, te lo digo yo como tu médico.

—No puedo. Si no deseas llevarme llamaré un taxi y me iré.

—¿Por qué te comportas de una manera tan extraña? ¿Acaso para ti no ha significado nada todo esto?

—No sabes nada de mí, no intentes escarbar, lo digo por tu bien, y por favor, no te enamores.

—Ya es muy tarde para eso, Margaret, ¡Mírame! —Le puso un dedo en la barbilla—. No me evadas, te estoy proponiendo que vivas conmigo, que nos casemos, te amo, nunca he hablado más en serio en mi vida.

—¿Si te digo que lo pensaré me llevarás al hotel? Es una decisión importante, no puedo dar una respuesta a la ligera, Theo. No estás hablando con una chica de treinta años, recuérdalo.

Derrotado, él agachó la cabeza. Ella tenía razón, y era mejor no presionarla, sería peor.

—Te llevaré. Tranquila, ¿me prometes que lo pensarás?

—Lo prometo.

Margaret llegó al hotel, hizo el tratamiento de todas las noches y salió rumbo al aeropuerto. No podía dejar que Theo se interpusiera en sus planes, empezaba a vivir, y él representaba un estorbo. Había comprobado que todavía seguía siendo la Margaret de aquellos días, y eso era suficiente, no quería volver al oficio, solo quería vivir, se había acostumbrado a la libertad de vivir sola. Él la olvidaría, ella sería una anécdota más en su lista de conquistas, total, le había dado una tarde inolvidable. Y gratis.

CAPÍTULO IX

Regresó a su país con muchas compras, la casa la esperaba impecable, el matrimonio que había contratado sabía hacer sus labores, ella solo tenía que indicar qué deseaba cenar o cómo prefería la carne. Excepto por el gesto de asombro de Leonora, la cocinera, cuando la vio no recordó que su apariencia había sufrido un cambio radical.

—Señora Margaret, ¡cada día más joven!, ¡el viaje la ha favorecido, está muy bella! ¿Verdad Manrico?

—Y sí. La señora es una *donna bellissima*.

—Gracias, Leonora, Manrico, son muy amables.

—El señor Krauss llamó para preguntar cuándo regresaría.

—Lo llamaré. Gracias. ¿Algún otro recado?

—El señor Luis Álvarez preguntó por usted.

Margaret sintió una punzada en el corazón. Luis Álvarez, ¿qué habría sucedido? Le dio miedo llamarlo. Prefirió llamar a Krauss.

—Buenos días Krauss, habla Margaret, ¿cómo está todo?

—Muy bien, Margaret, en menos de un mes ocurrieron cosas increíbles, una compañía multinacional vio nuestro aviso y nos encargó que buscáramos el personal para su empresa, cerca de cuarenta personas, pero ya no serán temporales, ahora damos empleos fijos. Y estoy hablando no solo de secretarias, sino de todo tipo de personal: ingenieros, contadores, representantes de venta, gerentes de márquetin…

—Pero espera un poco, ¿cómo ocurrió eso? De dónde sacaron a la gente capacitada para evaluarlos?

—El señor Luis Álvarez vino cuando lo llamé y tomó cartas en el asunto, puso el dinero para los avisos, grandes avisos. Es un hombre muy inteligente, Margaret. Y por si fuera poco también preguntaron si podíamos hacernos cargo de encontrar viviendas para los empleados foráneos.

—¿Y Álvarez también se encarga de eso?

—No, hemos contratado los servicios de una empresa inmobiliaria, ganamos una comisión sobre la comisión de ellos. La multinacional no desea ocuparse de esos detalles, parece que tiene un contrato multimillonario con el gobierno.

—Álvarez desea hablar conmigo… ¿no sabe de qué asunto?

—Cómo no, Margaret, se trata de todo esto, tenemos que mudarnos, debemos hacer muchos cambios, por otro lado, tú eres la dueña de la empresa, sería bueno que te presentaras, el gerente general de la empresa norteamericana deseaba conocerte, habrá una recepción importante en la inauguración.

Margaret suspiró aliviada.

—Me comunicaré con él.

No deseaba verlos en persona, tenía cierto reparo en que vieran el cambio que tanto había asombrado a Leonora, podría arreglarlo todo por teléfono.

—Buenos días, señor Álvarez.

—Buenos días, señorita Mirman, espero que haya pasado unos días excelentes —dijo el hombre tratando de disimular su asombro.

No había visto a Margaret desde la vez que firmaron el documento ante el notario.

—Sí, señor Álvarez, muchas gracias, me dijo Leonora que usted había llamado.

—Deseaba informarle algunos cambios que son necesarios para la agencia. Actualmente ya no es más una agencia de empleos temporales. La situación cambió porque a raíz de unos avisos...

—Que se le ocurrió poner a usted, encontraron un gran cliente. Me alegra muchísimo y se lo agradezco, Krauss me ha informado — interrumpió ella.

—Bueno, entonces debe saber que hemos encargado a la inmobiliaria la búsqueda de un nuevo local, más grande y más acorde con sus actuales necesidades.

—Sí. Y estoy de acuerdo.

—¿No le gustaría sumarse a la empresa otra vez? Tendría una oficina y se haría...

—No, señor Álvarez. La verdad es que no. Lo dejo en sus manos, confío en lo que haga.

—Pero yo no trabajo para la agencia, solo di alguna idea, tengo ocupaciones en el estudio de abogados, ¿no cree que sería bueno que alguien tomara la dirección de la agencia?

—La dejé en manos de Krauss. Él podrá hacerlo.

—En ese caso tendrá que decírselo usted.

—Es lo que haré. Le agradezco el consejo y todo lo que ha hecho por el negocio.

—Pues verá... nunca algo había resultado tan fácil, fue como si las cosas se acomodasen solas, a decir verdad.

Margaret se armó de valor y se presentó en la agencia esa tarde. Al final de alguna manera todos los que la conocían sabrían que se había hecho unas cuantas cirugías, pero le desagradaba que hubieran quedado tan obvias, la idea había sido mejorar, no cambiar o parecer una mujer obsesionada por perseguir la juventud, la hacía sentir ridícula. Antes de entrar a la oficina pasó por el sitio donde había visto el aviso «Lectura del Tarot». No estaba. Recordó que había entrado a la cafetería por un café y había visto al lado una puerta antigua de madera.

—Perdone, ¿usted sabe qué sucedió con el local de al lado? El de la Lectura del Tarot.

—Cerró hace un mes. Era nuevo, aunque la puerta parecía

antigua; ahora venden allí adornos de Navidad. Creo que la señora se fue a Perú, ahora que recuerdo.

Qué apropiado, se dijo Margaret. Dirigió sus pasos a la agencia y el silencio que causó su entrada no era en nada parecido al revuelo que esperaba.

Había una recepcionista que desconocía, pero su secretaria la miró y se le acercó con cautela.

—¿Margaret?

—Claro, ¿ya no me recuerdas?

—Estás… fabulosa. Por un momento pensé que eras otra persona, pero claro que te reconocí.

—Gracias, ¿está Krauss?

—Sí, acompáñame, estamos un poco apiñados estos días, como te darás cuenta.

—Krauss —dijo abriendo la puerta de la oficina que antes era la de ella—. Margaret está aquí.

Le hizo una seña con los ojos como advirtiéndole que disimulara.

—Hola Margaret, que alegría que volvieras, te ves espléndida —dijo él levantando la ceja derecha de manera involuntaria.

—Gracias, Krauss. Quédate allí, no te preocupes— dijo ella al notar su ademán de cederle su escritorio. No pienso regresar a la oficina.

—Creo que deberías, Margaret, las cosas han cambiado mucho, mira. —Le mostró un plano—. Serán las nuevas oficinas y esta esquina la he reservado para ti—. Dijo señalando con el dedo. Margaret lo dudó.

—Lo han hecho tan bien sin mí que es probable que a mi regreso todo vuelva a estar mal.

—Qué dices, Margaret, es porque ahora contamos con tu capital. Antes no teníamos ni para pagar la renta, la situación es diferente.

—Lo pensaré, Krauss. Te felicito por haber sido tan proactivo, yo estaba encasillada en mis ideas de trabajos temporales y ahora veo que me equivoqué.

—Recuerda que se debía a que no contábamos con capital para contratar el personal que se ocupara de entrevistar adecuadamente a profesionales. Tampoco teníamos con qué hacer publicidad, si no nos conocían nadie podía saber que existíamos.

—Claro, claro… todo ha cambiado, eso lo sé mejor que nadie, Krauss. Lo pensaré. ¿Está bien?

—Tu oficina te estará esperando. Está decidido y el señor Álvarez está de acuerdo conmigo.

—Dentro de unos días saldré a Europa —dijo Margaret de improviso.

—¿Europa?, ¿qué hay allá? —preguntó Krauss con su acostumbrado ademán de levantar la ceja derecha, lo que le daba un peculiar aspecto entre asombro e inquisición.

—Nada en particular y todo. Solo fui una vez con mi esposo y me gustaría regresar. Quiero tomarme unas largas vacaciones, Krauss, las necesito.

—Comprendo. Nos haremos cargo de todo, ve y toma las vacaciones que nunca tuviste, Margaret, te las has ganado.

Margaret estaba sentada en el pequeño sillón frente al escritorio. La luz de la mañana que entraba por la ventana le daba directo en la cara, sin embargo, a pesar de fruncir las cejas no había rastros de la mujer que Krauss recordaba. Lo único que permanecía era su mirada, ni siquiera sus ojos. Era su mirada la que él reconocía y le daba la personalidad que recordaba. Una mirada calmada y al mismo tiempo directa, como si supiera traspasar el alma de la gente. De la que solo se adquiere con el tiempo y que contrastaba con su apariencia. No obstante no se veía satisfecha, y eso solo podía percibirlo alguien que la conociera tanto tiempo como Krauss, un hombre maduro que había estado a su lado en las buenas y en las malas.

—Hazte cargo de todo, Krauss, te nombro Gerente General. Que conste en el acta del Registro Mercantil, quiero que sea legal. Si regreso será como observadora. Tu sueldo lo dejo a tu criterio.

—Gracias, Margaret, no te arrepentirás.

—Seguro que no, Krauss.

Él la miró y reconoció que las cirugías la favorecían. Nunca hubiera imaginado que quedasen tan bien, y había visto casos estrambóticos, pero Margaret no parecía feliz como debería estarlo una persona en sus circunstancias.

—¿Qué sucede, Margaret? Te conozco y sé que algo no anda bien.

—Me siento mejor que nunca, Krauss, por primera vez tengo todo lo que pueda desear, ¿por qué algo habría de andar mal?

—Es solo una observación, pero tal vez esté equivocado, ya me conoces, son tonterías mías.

Margaret le ofreció una sonrisa genuina, como las de antes.

—No te preocupes por mí. Estoy bien.

—¿Eres feliz?

—¿Feliz? ¿Y quién es feliz, Krauss?

—No lo sé… pensé que al haber cambiado tu suerte te sentirías tranquila, satisfecha, sin problemas económicos es más fácil alcanzar la felicidad, digo yo.

—Pues sí. Creo que viéndolo de esa manera, soy feliz, amigo mío. Ahora me voy y dejo todo en tus manos. Si ocurre algo que requiera mi atención sabes dónde ubicarme, escríbeme. Abro el correo todas las mañanas.

—Adiós, Margaret. Buen viaje.

Al salir volvió a pasar por la tienda de regalos. ¿Quién había sido la mujer del tarot? Tuvo la sensación de que una sombra oscura parecía posarse sobre su futuro, pero pensó que eran pensamientos absurdos.

De regreso a casa las reflexiones que hacía tiempo habían quedado aparcadas regresaron con fuerza inusitada a su mente. Ella también se había preguntado por qué con todo lo que tenía no era feliz. Se había comportado con Theo de manera insensible, y era cierto que no sentía absolutamente nada hacia él como no sea agradecimiento por haber realizado unas cirugías tan perfectas. Lo demás había sido un simple revolcón que para él tendría las mismas consecuencias que los anteriores con otras mujeres. Era un hecho que era mujeriego y él no lo negaba. Ella había escuchado las palabras "Estoy enamorado de ti" más veces de las que podía recordar, pero eran solo resultado del buen sexo que vendía, y no le daba importancia. En realidad Margaret no daba importancia a nada como no sea una necesidad inmediata. Así había sido de pequeña y no había variado su forma de ser. El vivir en muchos sitios desde muy niña tratando de pasar inadvertida había conseguido que no le tomase apego a nada ni a nadie. No extrañaba. Esa palabra jamás la usaba, no extrañó a su madre cuando murió ni extrañó cada casa donde había vivido. Tampoco a sus compañeras de estudio, ni siquiera recordaba sus rostros con claridad. No extrañó a Cinthia ni los años vividos con ella, así como tampoco extrañó a su marido cuando murió. Había aprendido desde niña que cuando no se tiene apego a algo, no se sufre, de manera que ella no sentía el menor cargo de conciencia por haber mentido a Theo. Suponía que él lo daría por hecho, no podía ser cierto que él estuviese enamorado, tal vez encaprichado, pero no enamorado. Para ella era simplemente incomprensible. La pregunta de Krauss le había parecido tan fuera de contexto que hasta sintió cierto fastidio. ¿Quién era feliz? ¿Y qué era la felicidad a ciencia cierta? ¿Acaso alguien lo sabía?

CAPÍTULO X

Cuando Theo llamó al hotel y le dijeron que Margaret Mirman había partido de madrugada no pudo comprenderlo. ¿Acaso no le había dicho que la amaba? Intentó consolarse pensando que tal vez alguna emergencia requirió su presencia. Pero sin una nota de despedida siquiera como pretexto de que no volverían a verse, solo podía pensar que ella simplemente lo había tomado todo como un juego y se había esfumado de su vida.

Pasó horas tratando de encontrar algún motivo por el que ella prefiriese irse a cualquier otro sitio en lugar de estar con él, pensó que tal vez su desempeño como amante no había sido de su agrado, empezó a apoderarse de él una inseguridad que no había experimentado antes y finalmente, ya convencido de que ella se había ido sin dejar rastro, se recreó en ella, en su mirada, en su cuerpo, en ese sexo que lo había enloquecido y del cual no volvería a disfrutar. Pudo acariciar todo su cuerpo, observarlo detenidamente sin pudor, algo que a ella parecía haberle agradado y sintió un ligero escalofrío al confirmar que no tenía el más mínimo rastro de haber sido operada. ¿Cómo podría suceder algo así a solo tres meses de la abdominoplastia? Claro que existían personas con un tipo de piel sumamente resistente, pero a primera vista ella no parecía ser de aquellas. Lo de «buena materia prima» se lo decía a todas sus pacientes para que tomasen confianza. Una cicatriz no desaparece del todo, a los tres meses empieza a tornarse rojiza y al cabo de ocho meses empieza a aclararse pero siempre queda una marca. Y ella no parecía haber sido operada. Los movimientos y el sexo que tuvieron la noche anterior fueron bastante bruscos por momentos; en medio de la pasión fue muy poco el cuidado que él se tomó, después al verla en la ducha volvió a examinar su cuerpo para confirmar si había sufrido algún desgarro en la piel, pero no encontró nada. Absolutamente nada.

¿Quién era Margaret? Prefirió no seguir pensando en ella, pero su mente, que vagaba sin rumbo esa mañana, volvía a rememorarla. Durante la consulta hizo un esfuerzo sobrehumano para centrarse en los pacientes que debió atender. Algún día volvería a encontrarla, tuvo la certeza de ello, nadie podía esfumarse de la faz de la tierra. Tenía su teléfono, pero su orgullo le impedía iniciar una búsqueda que podría ser infructuosa. Dejaría correr el tiempo y entonces... Fue tranquilizándose y pudo terminar la consulta ese día.

Cuando le dijeron en la agencia de viajes que el clima que habría en Europa era inclemente por el invierno, Margaret decidió pasar la Navidad en casa y dejar pasar el invierno, lo mejor sería ir en primavera, calculó. Mientras dedicaría su tiempo a tomar clases de yoga, una decisión que había postergado muchas veces.

Necesitaba calmarse, relajarse, tratar de evitar los momentos en que parecía que iría a reventar si no tenía sexo. Algo en ella había cambiado en ese sentido. Si había podido vivir tantos años con Edward sin sexo y sin que ella pareciera necesitarlo, ¿por qué en esos momentos tenerlo se convertía casi en una obsesión? No comprendía por qué el desnudo de un hombre o el de una mujer le provocaban unas ganas inmensas de entregarse a alguien. Creyó que era porque deseaba mostrar su cuerpo recién estrenado, pero no le parecía normal. Ni de joven le había sucedido. Le gustaba, no podía negarlo, pero no de la manera como se sentía en esos momentos.

Un entrenador de yoga le enseñó la técnica de respiración y posiciones para eliminar el estrés. Los músculos de su cuerpo se fueron fortaleciendo gradualmente, con unas sesiones de una hora diaria de ejercicios lentos, que no la agitaban ni la agotaban como los aeróbicos, su cuerpo empezó a mostrar más resistencia al esfuerzo, sus movimientos se volvieron más gráciles y elásticos. Podía doblar su cuerpo como nunca antes lo había hecho. A ella nunca le había gustado practicar ejercicios agotadores, y esa forma de hacerlo, utilizando la mente y el cuerpo, le parecía mucho más interesante que los ejercicios comunes. Y la ayudaban a no perder concentración, a pesar de que por momentos le hubiera gustado desvestirse y hacerle el amor al entrenador. Pero se lo tomó con calma, y si él se dio cuenta hizo como que no lo había advertido.

Poco después ella dejó de asistir a las clases de yoga y prefería practicar en casa a solas. Por las noches, sin embargo, paseaba en el coche por callejuelas solitarias y recogía a alguno que otro joven, lo llevaba a un hotel de mala muerte y saciaba su apetito de una manera depredadora. Algunos la empezaron a temer, pero otros aceptaban sus exigencias porque la paga era regia. Después de cada encuentro Margaret no se sentía mejor, se odiaba a sí misma y llegó a asquearse de la situación, no comprendía qué le estaba ocurriendo. Ya el yoga no la relajaba lo suficiente, ni la lectura, ni tomar pastillas para dormir. Los meses transcurrían en un sin vivir de sensaciones, hasta que encontró la manera de evadirse de los deseos. Cada vez que se pellizcaba el codo izquierdo se calmaba su ansiedad de sexo. ¿Qué tenía que hacer el codo con sus hormonas? No lo sabía, solo que había llegado a esa conclusión por pura casualidad el día que trató de girar para ver la publicidad de un varón en paños menores, se golpeó el codo, y ella se lo pellizcó para suavizar el dolor. Y ocurrió el milagro.

Pese a estar en la ciudad, Margaret no volvió al trabajo, se enteró de la inauguración de las nuevas oficinas pero no hizo acto de presencia. No le interesaba nada que no fuera descansar, vagar por las tiendas, y llevar a cabo religiosamente los baños de crema que Rafaela le enviaba cada cierto tiempo a pesar de que le decía que ya no eran necesarios si las cicatrices habían desaparecido de su piel. Pero Margaret creía firmemente que eran los que conservaban su juventud. Rafaela también le hablaba de vez en cuando de Theo, le decía que siempre preguntaba por ella.

—Si él deseara hablar conmigo me hubiera llamado.

—Dice que prefiere que lo hagas tú. ¿Qué sucedió entre ustedes?

—Pasé un fin de semana en su casa en los Hampton. Pero eso no debe ser nada nuevo para él, creo que está acostumbrado a llevar allá a todas sus conquistas.

—No lo creas, Theo no es mujeriego.

—¿Cómo lo sabes? Él me lo dijo.

—Bueno, la verdad, no pondría mi mano al fuego por él ni por ningún hombre... pero me da la impresión de que le interesas.

—Tal vez me anime a llamarlo —dijo Margaret más que nada para no seguir con el tema.

Pero esas conversaciones con Rafaela le habían hecho pensar. Si iba a París debería ir acompañada, sería aburrido estar sola. ¿Quién mejor que Theo? No conocía a nadie más con quien le provocase hacer un viaje.

Y lo llamó.

—¿Margaret?

—Theo, ¿cómo estás?

—Bien, como siempre, trabajando.

—¿Soy inoportuna?

—No. Podemos hablar. ¿Te encuentras bien?

—Sí, muy bien, no te llamo por cuestiones de salud, Theo, me preguntaba si quisieras acompañarme a París.

—¿París?

—Sí, París, pienso ir dentro de una semana y pensé que tal vez te gustaría pasar algunos días por allá, tengo muchas ganas de verte.

—No es lo que me pareció la última vez.

—Estaba confundida, yo misma no me comprendo muchas veces, Theo, creo que tu propuesta me asustó.

—Entonces ya se te pasó el susto, supongo.

—Si no deseas ir, lo comprenderé.

Theo, guardó silencio unos segundos.

—Acepto. Pero no puedo ir sino hasta la semana entrante, tengo muchos pacientes que debo atender. Algunos vienen de lejos.

—Me las arreglaré unos días sola.

—Déjame ver… creo que podré estar allá el viernes 16, unos ocho días después de que hayas llegado, ¿está bien?

—Perfecto, Theo —le dio la dirección y los teléfonos del hotel.

Él pensativo, colgó el teléfono. ¿Qué pretendía ella? Sabía que era un capricho, pero estaba dispuesto a volver a verla.

Margaret tomó el avión rumbo a París. Estaba segura de que allá cambiaría su vida, no sabía cómo, pero pensaba que algo debía suceder lejos de su entorno. Europa, el viejo mundo, sus sitios históricos y todo lo que pudiera comprar en las tiendas de los grandes diseñadores, algo que solo había visto en revistas, y cuando llegase Theo tendría buena compañía para ir al teatro, los cabarets y todos los lugares donde debía asistir acompañada.

Caminó por las calles empedradas aledañas al centro de París, visitó el Museo del Louvre. Contempló la Monalisa y se maravilló con el famoso cuadro de Da Vinci, y no le pareció tan misteriosa la sonrisa de la Gioconda. Lo admirable era la pintura. La perfección de los detalles del primer plano, la parte del fondo le daba la impresión de estar incompleta. En su sed de conocimiento observó al detalle todas las pinturas que pudo de los grandes artistas que se exhibían en ese lugar, pero la horda de turistas era impresionante, no había tiempo para solazarse, era un simple paseo que estaba obligada a hacer teniendo detrás gente que quería hacer el mismo recorrido. Conoció la monumental pirámide de cristal que estaba justo enfrente del Museo. Se extasió con el trazado de las calles de esa gran ciudad y su Arco del Triunfo. Conoció El Ritz, famoso Hotel donde vivió Coco Chanel. Almorzó en lo alto de la Torre Eiffel y recorrió todas las boutiques de la Rue Gauche, donde se encontraban las tiendas de los diseñadores más famosos, como Christian Dior, Chanel, Armani, Versace, Galiano, Ungaro… se embriagó de placer al tocar y probarse aquellos preciosos trajes, calzados, bolsos, y compró ropa bellísima. Tenía buen gusto para la ropa, todas sus adquisiciones resultaron prácticas, versátiles y elegantes.

Cuando ya se había calmado su sed de compras y paseos a los sitios más conocidos, decidió tomarse un día de descanso, y por recomendación del *Consierge* del Hotel, visitó un exclusivo Centro de Belleza frecuentado por famosos, en donde le arreglaron el cabello, le dieron masajes, tratamiento facial, *manicure* y *pedicure*. Se sentía como una reina. Si sentirse feliz era eso, estaba feliz.

Esa noche decidió cenar algo ligero en uno de los restaurantes del hotel, y escogió un vestido corto de Ungaro, color lavanda con verde limón, le hacía bonita figura y quedaba muy bien con el nuevo tono dorado de su piel. Ya en el restaurante, el *maitre* la guio hasta una mesa cerca de los balcones, desde donde podía observar la ciudad luz. La vista era un espectáculo.

Estudió el menú y pidió algo que le pareció sería delicioso. Ella no tenía mucha experiencia en comida francesa, pero tenía sentido común, y la carta estaba en varios idiomas. Observó a su alrededor. Un lugar exclusivo, donde se reunían personalidades, políticos y gente de clase alta. Barriendo el salón con la vista vio un joven observándola. Estaba sentado con otros tres que conversaban animadamente. El joven le sonrió y le hizo un guiño. Margaret miró hacia otro lado haciéndose la desentendida, siendo una mujer perceptiva, sabía que él la seguía observando y se sintió incómoda, no sabía exactamente si por el guiño o porque el chico la atraía y ese guiño había significado que la tomaba por una mujer fácil. A simple vista le había parecido increíblemente atractivo, elegante y con cierto aire altivo. Con disimulo se pellizcó el codo como solía hacer cuando presentía que las cosas podrían ponerse delicadas y en ese momento le llevaron la cena, con ella una copa de champagne que no había pedido. El *garçon* le dijo cortésmente:

—Se la envía el *monsieur* de aquella mesa, con sus cumplidos.

Margaret miró hacia el joven y vio que él sonriéndole, alzaba su copa invitándole a hacer lo propio. No supo qué hacer. Le pareció que si lo hacía le daría motivo a un acercamiento, el cual ella no deseaba en ese momento, y no hacerlo podía ser una descortesía. Optó por levantar la copa y darle las gracias de lejos. Apenas la probó, y la dejó a un lado, sin prestar más atención.

Un hombre se le acercó.

—¿Le gustaría acompañarnos? Señalando con un ademán la mesa donde estaban los otros tres.

Era el colmo.

—No. Gracias.

El hombre se disculpó y le dijo avergonzado:

—Perdón no quise ofenderla. Discúlpeme.

Y se retiró. Margaret no los miró. Trató de no dar más

importancia al asunto y prosiguió su cena. Casi al terminar, mientras saboreaba la copa de vino que había pedido, el joven que ella vio al principio se acercó y frente a ella se inclinó ligeramente.

—Buenas noches, perdone mi impertinencia, quiero disculparme por el mal momento que le hice pasar.

Margaret lo miró con calma y después de observarlo respondió.

—Supongo que fue una equivocación.

—No en realidad. Deseaba conocerla, pero equivoqué la manera de hacerlo. ¿Me permite acompañarla?

A Margaret le molestó tener apariencia de mujer abordable.

—La verdad, deseo estar sola, si me lo permites —lo tuteó porque era muy joven.

—Lo entiendo. Discúlpeme, buenas noches.

Ella no respondió. Firmó su cuenta y se retiró. Pasó por la mesa de los hombres sin mirarlos y se dirigió al lobby. Tomó el ascensor que la conducía a su suite.

—Creo que metimos la pata —dijo Nick a uno de ellos.

—¿Metimos? La habrás metido tú. Pero qué puede importarte, mujeres te sobran, las tienes chasqueando los dedos, dime qué quieres y te la consigo.

—La quiero a ella.

—Ya viste que no desea hablar contigo.

—Estoy cansado, voy a dormir. —Se puso de pie y se fue.

Dejó que los otros arreglaran la cuenta; uno de ellos su guardaespaldas. El otro era el director de vídeo y el cuarto su manager. El primero le dio alcance en el ascensor.

—Nick, no estarás molesto, ¿eh?

—No me gusta hacer el papel de idiota.

—¿Qué te puede importar una mujer como esa? No es gran cosa, has tenido mejores.

—No eso, Jack, a veces las mujeres no tienen que ser hermosas, ¿tú la viste y hablaste con ella, no?

—Solo me dijo: «no, gracias».

—Tiene una mirada tan rara que me hizo sentir estúpido. Me voy a dormir. Veré algo en la tele, dile a Alex que mañana lo espero temprano, despiértame a las diez. Otra cosa: averigua en qué cuarto está ella.

—Pero Nick, si dices que... —Al ver la cara de Nick se arrepintió de lo que iba a decir—. Descuida. Lo haré.

Se dirigió al *consierge* y le sonsacó algunas cosas de la misteriosa mujer. Después de sopesar la importancia de quienes querían la información le confió que la mujer ocupaba una suite matrimonial pero había llegado sola. Parecía ser una mujer de dinero. Le dio el nombre y el número de habitación.

Nick subió a la suite presidencial que era la que él ocupaba. Se quitó la ropa y se dio una ducha. Después se envolvió en una bata de felpa y tendido en la cama encendió la TV tratando de buscar algo que le llamara la atención. Mientras lo hacía recordaba el mal momento que pasó en el restaurante. Definitivamente se había equivocado con ella. Debía volver a verla. Esta vez trataría de borrar la mala impresión que le había causado. El tiempo se les estaba terminando y no encontraban nada apropiado para lo que querían hacer.

Le había llamado la atención cuando pasó al lado de ellos al entrar al restaurant. Él en esos momentos se encontraba discutiendo con el director acerca de conseguir una mujer que reemplazara a la que iba a aparecer en el vídeo de Nick. La que habían contratado inicialmente había contraído repentinamente rubéola, y hubo que prescindir de ella. Cuando vio pasar a Margaret, se fijó en ella como lo hacía con cuanta mujer atractiva se cruzaba, pero después de observarla por unos instantes, le había parecido que podría ser la mujer perfecta para el vídeo, encajaba con lo que querían encontrar, alguien no muy joven pero hermosa, atractiva más bien, y después de cruzar unas cuantas palabras con ella, sabía que era la ideal, tenía que hacer algo al respecto, tendría que convencerla de algún modo.

Tal vez no me reconoció, pensó, intrigado. Estamos en Francia, aquí hay gente que no sabe quién soy. Ella parece de alguna parte de Asia, no sabría definir de dónde. Ellos habían hablado en inglés.

CAPÍTULO XI

Ya de mañana Margaret llevaba un traje de baño enterizo color marfil que contrastaba con su piel bronceada e iba envuelta en un pareo, lentes oscuros y sandalias de tacón fino. Fue a desayunar a la piscina. Pidió crepé de champiñones, té y jugo de fresas. Acabado el desayuno se tendió al sol y después se dedicó a pasear por los alrededores, compró unas postales y mandó una a Leonora, a su casa, a los viejos les iba a encantar, ellos no querían saber nada con el correo electrónico.

Al mediodía subió a la suite y al entrar percibió un fuerte olor a rosas. Un ramo de rosas rosadas adornaba la mesa del salón. Abrió el pequeño sobre y leyó:

"Le pido mil disculpas otra vez. Suyo, Nick".

El asunto empezaba a divertirle. Una satisfacción íntima inundó su ser. El chico era guapísimo, pero demasiado joven.

Pasó el día tranquila, salió, caminó un poco y ya aburrida, regresó. Poco después bajó a cenar y prefirió hacerlo en otro de los restaurantes del hotel para evitar cualquier encuentro con los del día anterior. Escogió un rincón donde era difícil que la vieran y ordenó la cena. Disfrutaba de la crema de langostas cuando sintió la presencia de alguien. Levantó la vista y era Nick.

—Buenas noches, señorita, ¿me permite acompañarla un momento?

Margaret sonrió y asintió.

—Siéntate —dijo. El chico tenía buena estatura, complexión atlética, pelo castaño, ojos verdes y facciones hermosas.

—Muchas gracias, soy Nick Amicci.

—Margaret Mirman —dijo ella extendiéndole la mano. Gracias por las rosas, son preciosas.

—Era lo menos que podía hacer después de mi impertinencia.

—Debes gastar mucho en las floristerías.

—No siempre tengo que disculparme, gracias a Dios. ¿Puedo llamarte Margaret?

—Por supuesto, ese sigue siendo mi nombre —bromeó ella.

—¿Estás de vacaciones?

—Algo así. Quise conocer París, me voy en unos días. ¿Y tú?

—Estoy trabajando. Estamos grabando un vídeo y se nos ocurrió hacerlo en París.

—¿Qué clase de vídeo?

—Musical. Soy cantante, es un vídeo clip. ¿Te gustaría participar en el vídeo?

—¿Es una broma? No se cantar ni bailar. ¿Qué podría hacer?

—No siempre se canta o se baila. Puedes aparecer simplemente. Caminando, mirando… creo que serías perfecta. A decir verdad, necesito a alguien como tú, con tus ojos… ¿qué dices?

—No puedes estar hablando en serio.

—Mira, no siempre soy yo el que selecciono a los artistas que participarán en un vídeo, el casting lo hace el director, pero llevamos varios días y no hemos encontrado a la mujer apropiada. —entornó los ojos y prosiguió mirando al vacío—, una mujer real, que no parezca una modelo, que inspire pasión, amor, reverencia. Tiene que ver con el tema de la canción, un hombre joven enamorado que es abandonado porque la mujer desea darle el mejor regalo de su vida: libertad para escoger a alguien más joven, pero él no la comprende y sufre, ella se va…

—Hermoso tema, ¿pero crees que represento todo eso que dices?

Él interrumpió su monólogo y prosiguió.

—Hemos realizado castings a mujeres de todas las edades y no he logrado dar con la apropiada hasta que te vi.

—Por eso enviaste a tu amigo para que fuera a tu mesa.

—Perdóname, pensé que eras una de las tantas mujeres que quieren acercarse a mí y me interesó tu rostro, fue una gran equivocación, Margaret.

—Pero ese asunto del vídeo es descabellado, no tengo que hacerlo, no me interesa, de veras.

—No sería gratis, por supuesto…

—No me interesa lo que me puedas pagar —cortó ella con sequedad.

—Mo me niegues ese favor, Margaret, no deseo ser insistente, por lo menos dame la oportunidad de hacerte una prueba de fotogenia. Es lo único que te pido. El tiempo se agota y esto es muy importante para mí. Y ya no sé qué más decir para convencerte. —Dio un suspiro y calló.

Margaret también guardó silencio mientras lo observaba. Tenía un rostro como pocas veces había visto. A pesar de haber conocido a tantos hombres nunca había tenido frente a ella a uno tan perfecto como Nick. A su pesar sintió que empezaba a sentir una llamarada que le quemaba el vientre y se pellizcó disimuladamente el codo izquierdo. El gesto enfurruñado de él la conmovió, parecía un niño.

—Me siento un poco aburrida. Dentro de unos días llegará un amigo. Mientras tanto no tengo mucho qué hacer. Tal vez haga esa prueba que dices, no creo que resulte, de todos modos.

—Quisiera ultimar los detalles —dijo él rápidamente como si tuviera miedo de que se desanimase—. Mañana a las nueve y treinta iremos a los estudios de grabación, allá te arreglarán como sea necesario. Por favor, no me falles, ¿me das tu palabra?

—¡Bien! ¡Bien! Iré.

—Paso a buscarte a esa hora en punto, Margaret. Me has hecho un hombre feliz, brindemos por eso. —Llamó al mesonero y pidió champagne.

—A tu salud. Por haberte conocido —brindó él.

—Salud.

Ella tomó un pequeño sorbo.

—¿Qué tipo de música cantas?

Nick pareció asombrarse por la pregunta. Daba por hecho que todos lo conocían.

—Música romántica, pop mayormente, aunque también me gusta el rock.

—Me gusta mucho la música romántica —comentó Margaret con el inglés de acento británico que había aprendido de Edward.

—¿Hablas español? —preguntó él de improviso.

—Claro, es mi idioma natural, nací en Perú.

—¡Pues hablemos español, que también es el mío!

Ambos rieron. Ella se sentía cómoda a su lado, el chiquillo no parecía ser de peligro, lo veía más como un jovencito que trataba de comportarse como un adulto. Él notaba que ella no era tan joven, no como las chicas que él frecuentaba o las admiradoras que tenía, pero sentía un regocijo difícil de definir al mirarla. Transcurrieron un par de horas conversando; Nick le contó que conocía muchos países, le habló de su carrera, de su amor por la música y que jamás dejaría de cantar. Ella escuchaba y de vez en cuando decía algo, prefería escuchar su charla animada, juvenil, llena de ímpetu por sus ganas de vivir, encantada con su sonrisa a flor de labios y su mirada soñadora. Al final se encontró riendo con él de cualquier cosa, era una sensación nueva, como si Nick fuera algo más que un amigo que recién acababa de conocer, pensó por un momento que si hubiera tenido un hijo le hubiese gustado que fuese como él.

—Si quieres que cumpla con mi promesa, debo ir a dormir.

—Te acompaño —dijo él.

Se encaminaron hacia los ascensores y luego de dejarla en la puerta de su cuarto le dio un beso de despedida en la mejilla. Margaret volvió el rostro y el segundo beso terminó en sus labios.

—Perdón… aquí se acostumbra dar dos besos —aclaró él—. No fue mi intención.

—Lo sé, no te preocupes.

—Vendré por ti mañana a las ocho.

Margaret entró a su habitación y cerró la puerta. El beso en los labios había despertado sus deseos, sintió subir desde el vientre un calor que amenazaba con inundarle todo el cuerpo. Sentía arder sus mejillas, sabía que pellizcándose el codo detendría todo pero quiso sentir placer al pensar en Nick, sus labios rozando los suyos en un beso robado, un beso delicioso, suave, húmedo, candoroso como parecía él. Finalmente suspiró e hizo un esfuerzo sobrehumano. Trató de pensar en otra cosa, como cuando quería evitar un desengaño. Lo había hecho siempre, cuando su madre le prometía cosas que después no cumplía. Así deseaba menos, sufría menos porque no esperaba nada. Unas lágrimas corrieron por sus mejillas. ¿Qué esperaba ella? ¿Acaso estaba volviéndose loca? Era una mujer vieja. Se sintió ridícula.

Hacía tiempo no se levantaba tan temprano, quería tener tiempo suficiente para arreglarse y estar preparada a la hora indicada por Nick. No sé maquilló; según Nick lo harían en el estudio. Solo se dio un baño de tina con las mezclas preparadas por Rafaela, le sirvió para relajarse pues estaba a la expectativa de lo que pudiera suceder, con curiosidad por saber en qué terminaría aquello. Se puso unos *jeans*, una camisa de seda y sandalias de tacón alto. Sonrió al espejo ante su apariencia, se veía bien, el cabello recogido en una cola le daba un aspecto juvenil, deseaba sentirse admirada por Nick, no importaba que él la viera como una mujer madura, a los veintitantos años que él tenía, cualquier mujer que pasara de los treinta lo era. Le agradó sentirse tratada de tú a tú por un chico tan joven, le hizo la ilusión de serlo también y para ella estaba bien. Con Theo era diferente. Él sabía demasiado de ella. Sonó el teléfono. Era Nick anunciando que la esperaba en el lobby. Se saludaron esta vez con un beso en ambas mejillas y la condujo hacia el auto que encabezaba la caravana de tres coches con otras personas dentro.

Al llegar fue atendida por Pierre, el estilista. Después de observarla empezó a maquillarla murmurando palabras en francés. Su rostro se fue transformando. Sus grandes ojos tenían la mirada más intensa que nunca, sus labios más sensuales y su cabello sujetado en un moño de estilo descuidado sujetado milagrosamente por una sola horquilla. El maquillaje recargado le sentaba bien. La asistente le explicó que en cámara se diluían los efectos, por eso debían acentuarlos. Se cambió con una blusa escotada finamente elaborada en encajes que dejaba un hombro al aire. La larga falda de varias capas de gasa y bordados parecía sacada de un cuento. La llevaron al estudio fotográfico en donde un hombre en tono cariñoso le decía «vamos, linda, vuélvete como si algo te hubiera asustado». «Levanta la cabeza, piensa que el hombre de tus sueños está frente a ti» «Así es, ¡soberbia!, veamos, ahora una toma de cuerpo entero una vez más, ¡listo!».

La besó en ambas mejillas y seguidamente fue conducida hacia el vestidor en donde se cambió con su ropa. Una joven le dijo que Nick la esperaba.

—Mira, mira, Margaret, eres perfecta, mira cómo saliste en las fotos.

Ella nunca había visto fotos suyas tan hermosas. Parecía otra mujer, ¿realmente se vería así?, pensó.

—Es cierto, me veo diferente, tu fotógrafo es muy bueno.

—Eres tú, ahora fíjate en el vídeo, cualquiera de tus ángulos es bueno, estás hecha para esto, Margaret, ¿qué dices? Lo que debes hacer no es mucho más de lo que ya hiciste. Solo tendremos que cambiar la locación porque prefiero los escenarios naturales.

—De acuerdo, acepto —dijo ella, llevada por el entusiasmo de Nick y por el de ella porque deseaba hacerlo, sería una experiencia fantástica.

—Será hoy mismo. Nos trasladamos de una vez. Quédate aquí, ya regreso.

Él fue a informar al equipo y todos se prepararon para ir al castillo Vincennes.

—Listo, Margaret, ven —le pasó el brazo por los hombros y la dirigió al coche que los esperaba.

La caravana partió rumbo al castillo.

—Es un castillo en el que habitaron monarcas, pero después fue convertido en prisión, dicen que allí estuvo el marqués de Sade.

Ahora está absolutamente vacío, y en la parte donde estaremos nosotros no habrá gente.

—¿Por qué lo elegiste? —preguntó con curiosidad Margaret.

—Porque es inspirador, además la torre Eiffel ya está muy vista.

—También lo creo —acordó ella.

—Estás bellísima —dijo Nick observando su rostro.

—Es por el maquillaje, creo.

—Puede ser… pero también porque eres hermosa, Margaret.

Ella sonrió. Le causaba gracia recibir piropos de un joven como Nick. Él miró desde la ventanilla la avenida por la que transcurrían como si estuviera concentrado en algo, y Margaret admiraba sus brazos musculosos y su vientre plano bajo la sencilla camiseta blanca. Siempre le habían llamado la atención las manos de los hombres y las de él tenían apariencia de ser fuertes, unas manos que encendieron los deseos que Margaret, ofuscada, trataba de controlar.

—Dentro de poco llegaremos, no es muy lejos. ¿Te ocurre algo?

—No… bueno, un poco nerviosa estoy, eso es seguro. Nunca he hecho esto antes —dijo ella pellizcándose el codo izquierdo con fuerza.

—No te preocupes, solo debes seguir las indicaciones del director. No tendrás que hacer nada más. Yo también haré mi parte y no creas, siempre me inquieta esto de los *vídeoclips*.

Minutos después llegaron a un lugar dominado por una antigua construcción, a un lado, en el estacionamiento, aparcaron los coches, el *camping*, la camioneta, y empezaron a bajar el equipo. La chica del vestuario la llevó al *camping* y le indicó que se vistiera con un precioso traje antiguo, muy ajustado en la cintura con un corsé y amplio escote. El estilista le arregló el cabello y le dio un retoque al maquillaje, le calzaron unas zapatillas de tacón estilo antiguo y así vestida la llevaron por el camino empedrado hasta donde sería el escenario.

Un enorme ventilador movía la amplia falda hasta lograr elevarla, se le veían las enaguas de encaje y puntillas y su cabello se despeinó a pesar de las horquillas que le puso el estilista.

—Acción...

—Margaret, camina rápido, como si estuvieras escapando de alguien, ve, corre si puedes, ¡mira hacia atrás de vez en cuando! —gritó el director.

Margaret sabía lo que se esperaba de ella y eso hizo exactamente.

—No toques para nada tu cabeza, Margaret, no importa que el viento te despeine. Recógete un poco el hombro caído del escote, con pudor... eso es.

—Alto.

—Aquí entra Nick.

Él se acercó y la miró. Su camisa entreabierta dejaba ver una parte del pecho, el viento alborotaba su cabello castaño, se veía muy atractivo.

—Dale la espalda, Margaret, mira hacia abajo. Ahora entra en escena Nick...

Él se acercó y la tomó de los hombros. La pegó contra él.

—Vuélvete, Margaret. Mira a Nick a los ojos.

Margaret hacía todo como si supiese lo que tenía que hacer. Sus ojos se encontraron y Nick la besó en la boca. Ella no se resistió, lo había estado esperando. Poco después el director ordenó:

—¡Corten! ¡Magnífico! Todo salió bien. No tendremos que repetir, ¡felicitaciones, chicos!

La mano de Nick sujetaba a Margaret con fuerza. Ella sentía arder sus mejillas. Si alguien se dio cuenta de la turbación de ambos no lo dijeron. Recogieron sus bártulos y regresaron.

En el coche Nick volvió a tomar de la mano a Margaret y se la llevó a los labios.

—Hermosa —le dijo al oído.

—Déjate de tonterías, Nick.

—¿Por qué? No son tonterías. Ese beso fue...

—Un beso robado, como siempre.

—Te gustó. Lo sé.

—Tú no sabes nada, Nick.

—¿Hasta cuándo te quedas en París?

—Mañana por la noche viene un amigo, iremos a Niza.

—¿Un amigo? ¿Por qué no me lo dijiste?

—Claro que te lo dije.

—Tienes razón. ¿Es tu... algo?

—Sí.

—Mañana después del mediodía podremos ver la edición del vídeo. ¿Estarás?

—¡Por supuesto! Quiero saber cómo salió todo.

—Entonces te llamaré para avisarte.

—Anota mi móvil. Tal vez no esté en la habitación.

—Listo. ¿Vienes a cenar con nosotros?

—Encantada.

El grupo llenó una larga mesa. Todos estaban eufóricos porque finalmente las cosas estaban encaminadas, brindaron por Margaret, y ella, se sentía feliz, nunca había imaginado sentirse tan compenetrada por un grupo como ese, en el cual la camaradería hacía ver que se conocían desde hacía tiempo.

—Ya es tarde, y mañana debemos trabajar desde muy temprano, quiero ese vídeo listo para las primeras horas de la tarde —dijo Nick a Alex, el director.

—Descuida, lo tendrás, con la digitalización ahora todo es posible, Nick. Ve a descansar —dijo Alex con un guiño.

Nick volvió a acompañar a Margaret a su habitación y ella de manera inusitada se despidió rápidamente entró y cerró la puerta. Era lo mejor. No podía darse el lujo de tener una aventura con un chiquillo como él.

Él regresó al comedor ante la mirada asombrada de Alex.

—No me preguntes nada —dijo frunciendo las cejas—. Será mejor que todos nos vayamos a descansar.

—Es mucha mujer para ti, Nick —dijo Alex.

CAPÍTULO XII

Examinando las tomas mientras editaban el vídeo, Nick se sentía complacido. No se había equivocado al elegir a Margaret, era la mujer ideal y todos estuvieron de acuerdo. Quedaron prendados de su mirada.

—Se ven tridimensionales en el vídeo —dijo Alex.

—No es una simple mujer hermosa, su belleza es… interna. Cuando te mira te olvidas del mundo.

—No estarás enamorándote, ¿eh Nick? Es de lejos mayor que tú.

—Pues no lo parece. Aunque no sería un obstáculo. Lo que sí creo es que parece que no la atraigo.

—No fue lo que pareció cuando vi ese beso.

—No sigas, Alex.

Nick la llamó y quedaron en encontrarse en la piscina.

—No vas a creer cuando lo veas, saliste muy bien.

La llevó al estudio que tenían rentado en París y Margaret pudo apreciar el vídeo completo. Por primera vez escuchó la voz de tenor de Nick, la dulzura de las notas altas y su suavidad aterciopelada y varonil en una canción sensual, que lo transformaban de un chiquillo en un hombre atractivo. Margaret se veía a sí misma y parecía estar viendo a otra. ¿Era ella la mujer que caminaba apresurada mirando de vez en cuando hacia atrás? El fondo del castillo daba una apariencia lúgubre, el viento movía su falda y las enaguas y su cabello despeinado la hacían más hermosa si cabía. Y el beso. Natural y contenido al mismo tiempo, como si fuese un preludio de algo por venir. Después los últimos acordes y el silencio.

Una experiencia única, insospechable.

—¿Te gustó? —peguntó Nick.

—Me encantó —dijo ella tratando de disimular las lágrimas.

Él la abrazó, conmovido.

—Tranquila, sé que son de felicidad, a veces a mí me sucede, Margaret.

—A mí no.

Ella sonrió y él la besó en el pelo con cariño.

—Debo regresar. Theo vendrá esta noche.

—¿Quién? Ya. No me lo digas. Te llevaré.

—Gracias… gracias por haber insistido en que grabara ese vídeo, ha sido una experiencia única.

—Gracias a ti, Margaret.

Se despidieron en la recepción con un simple beso en la mejilla. Ella llegó presurosa al cuarto, deseaba verse bien para cuando Theo llegase. Quería darse su acostumbrado baño y sumergida en la espuma de las sales se sintió sensual. Esperaba que Theo le hiciera olvidarse de Nick, un chiquillo que parecía haberse metido en su corazón.

Theo llegó a las siete y treinta. Margaret abrió la puerta apenas lo sintió al otro lado, la habían llamado de la recepción anunciando su llegada.

—Viniste…

—Vine. Aunque no debí hacerlo.

—No digas eso, Theo, aquel día hui porque no quería comprometerme.

—Lo he entendido, eres una mujer que no desea compromisos.

Yo tampoco.

Ella lo abrazó y le dio un beso en la boca. Lo deseaba, necesitaba hacer el amor con urgencia, no importaba quién fuese, y si era Theo tanto mejor, pero en sus fueros era a Nick a quien deseaba. Y Theo cayó una vez más enredado en la tela de araña que ella sabía tejer tan bien. No salieron del cuarto sino hasta la noche del día siguiente, cuando bajaron a cenar. Se dejó llevar de la mano y recibió con deleite las miradas cómplices de Theo. También sus demostraciones de cercana intimidad hasta que se fijó que unas mesas más allá estaba Nick observándolos.

—Tranquilo, Theo —dijo ella sonriendo.

—Me vuelves loco —dijo él tomando su mano—. Tengo que aprovechar hasta el último minuto.

—Hablas como si te quedara poco tiempo.

—Y es así. Debo regresar pasado mañana a Nueva York. Debo resolver un grave asunto en la clínica. Un paciente murió de un infarto mientras le practicaban una rinoplastia. Yo no era quien operaba pero la clínica es mía y es probable que haya una demanda en mi contra por negligencia médica. Todo está en manos de mis abogados, pero debo estar presente, de lo contrario parecerá que he abandonado el país. Lo lamento, nuestro viaje a Niza tendrá que esperar.

—¿Y lo dices ahora?

—¿Cuándo más lo podía haber dicho?

—Está bien. Comprendo. —Se relajó, Margaret. ¿Sería verdad?, se preguntó—. Lo siento tanto, Theo, la situación es muy delicada. No te preocupes por Niza, habrá ocasión de ir en cualquier otro momento.

—Ahora quiero aprovechar las horas que me quedan a tu lado.

Margaret lo miró de una forma inquietante.

—Vamos, dijo.

Nick los vio alejarse. Notó la mano de Theo acariciar la cintura de Margaret. Se la imaginó desvistiéndose para ese hombre y sintió una oleada de celos.

—Parece que están enamorados —observó Alex.

Nick hizo una mueca y prefirió ignorar el comentario.

—El videoclip será un éxito, haremos el lanzamiento en Los Ángeles en un mes exactamente. Darás una rueda de prensa y la gira de concierto la empezarás en tres meses —prosiguió diciendo Alex.

Nick no pensaba en nada que no fuese Margaret. Le había dicho que se irían a Niza. ¿Hasta cuándo se quedarían en el hotel?

Theo, que había ido al encuentro de Margaret con la firme determinación de pasar un par de noches con una mujer apetecible, se vio envuelto en cavilaciones al volver a tratar a Margaret. No era una mujer más, de eso estaba seguro. No únicamente porque era muy buena en la cama. Era por su apariencia, apartando las cirugías, especialmente las del rostro, que nunca quedaban tan bien como él hubiera deseado, ella no parecía haber tenido una jamás. Por suerte no había tocado sus labios, algunas mujeres eran exigentes en este aspecto, a Theo no le agradaba el colágeno porque lejos de darles una apariencia juvenil, los resultados eran adversos. Se estiraban las arrugas periorales a costa de un engrosamiento que la mayoría de las veces quedaban exagerados. Para un cirujano era sencillo reconocer los rostros operados, sin embargo, él, siendo médico experto, era incapaz de hacerlo. El caso de Margaret era como si su cuerpo hubiese reabsorbido las cicatrices, y su piel hubiera recuperado la elasticidad dada por el colágeno natural, carecía de la expresión facial tipo máscara que solían homogenizar las cirugías, inyecciones de colágeno y botox,

Las finas técnicas que dominaba Margaret saciaba sus instintos, pero él siempre guardaba un resentimiento porque estaba seguro de que ella solo quería pasar el rato. Se comportaba como una adicta sexual. Por momentos parecía incontrolable, y él, que se consideraba un amante complaciente sentía que la situación lo desbordaba, no obstante la atracción que ejercía sobre él sobrepasaba sus dudas y sus convicciones. Estaba seguro de que si no hubiera sido urgente su regreso a Nueva York se habría quedado a continuar el viaje con Margaret, pero agradeció el inconveniente, porque quién sabía en qué iría a terminar todo aquello. En algo permanente como él deseaba, no. Con seguridad.

Theo partió y Margaret reposaba en la amplia cama cuando recibió la llamada de Nick.

—Margaret, ¿podríamos vernos en la piscina?

—¿Ahora?

—Sé que estás sola.

—¿De qué se trata?

—Es sobre el vídeo.

—De acuerdo, dame unos minutos.

Ella se vistió, se retocó un poco frente al espejo y bajó.

—El vídeo será exhibido el 27 del próximo mes en todo el mundo. ¿Aceptarías una invitación para celebrar el lanzamiento de mi nuevo disco? Será dentro de quince días en Los Ángeles.

—Trataré, Nick, te deseo mucho éxito con este disco.

—¿No podrás? ¿Qué puedo hacer para convencerte?

—No he dicho que no iré, Nick. Seguramente lo haré, pero también tengo negocios que atender.

Él le dio una tarjeta con el número de su móvil, algo que raras veces solía hacer.

—Estaré esperando tu llamada. Nosotros tenemos que regresar a Los Ángeles, ¿dónde puedo localizarte?

—Anota.

—Yo pagaré tu cuenta del hotel, es lo menos que podemos hacer.

—Ya está pagada. Theo se encargó de todo.

Él se le acercó y le dio un beso en los labios.

—Es para que te acuerdes de mí —dijo sonriendo con un dejo de travesura en la voz. Hizo un gesto y se fue.

Todo fue rápido. Y hasta ese momento había sido agradable. Pero Margaret caviló en las palabras de Nick: «El vídeo será exhibido el 27 del próximo mes en todo el mundo». ¿En qué estaría pensando cuando lo hizo?

Después de pensarlo un poco se alzó de hombros y le restó importancia. Total a ella nadie la conocía, sería una más de las tantas que servían de modelo para ese tipo de cosas. Sintió que necesitaba refugiarse en su casa rodeada de objetos conocidos, regresaría y se olvidaría de todo, de Theo, de Nick... hasta pensó en volver a trabajar.

Su vida había dado un cambio radical, aprendió que el dinero hacía que la trataran con deferencia. Se esforzaban en atender sus deseos, recibía más regalos que nunca, le pagaban las cuentas... era una ironía.

De regreso a Los Ángeles Nick no podía dejar de pensar en Margaret, en su rostro, en su mirada, en el beso de despedida. Sentía una llamarada en el pecho cuando pensaba en ella. Y la vería dentro de quince días. De pronto lo asaltaron las dudas: ¿Y si no volviera a verla?

CAPÍTULO XIII

Hijo de inmigrantes italianos, Nick había nacido en Argentina. El padre era un napolitano jovial y aventurero al que le atraía la vida bohemia y sobre todo las mujeres. La madre era una bella rubia del norte de Italia, esbelta y muy trabajadora. En un barrio porteño se dedicaron a elaborar salsa para espaguetis. Ella era una cocinera excelente y poco a poco sus salsas al principio caseras, se hicieron conocidas y empezaron a distribuir a las tiendas y mercados, y lo que antes había hecho en la cocina de su casa, se convirtió en una fábrica donde sus salsas se envasaban de manera comercial sin perder el toque de sabor que le era tan característico. Su padre formaba parte del negocio ocupándose de las ventas y repartos, aunque siempre gastaba más de lo que aportaba; aun así, el negocio iniciado por su madre le permitió a Nick recibir buena educación y una vida sin muchas estrecheces, hasta que un día se vieron en un terrible aprieto ocasionado por el padre, aficionado a todos los placeres que lo ayudaban a perder dinero: era buen bebedor, mujeriego y jugador. Perdonado una y mil veces por su mujer volvía a las andadas y siempre resultaba perdedor. Lo último que había hecho era involucrar el negocio de su mujer en una deuda de juego lo que los llevó a la bancarrota.

Nick tenía diez años cuando aquello. Carolina, su hermana, unos meses de nacida. Solo les quedaba la casa y los pocos ahorros que su madre había logrado hacer a escondidas de su padre, a quien entre otras cosas le gustaba tocar la guitarra, y como todo bohemio frecuentaba bares y asistía a reuniones con otros músicos que vivían la vida como si fuera el último de sus días: sin un centavo. Algunas veces lo llevaba a él con el pretexto de salir con su hijo, y sin que su madre se enterara iban a parar a esos sitios donde gente de la farándula se reunía a declamar, cantar y tocar toda clase de instrumentos.

Nick se sentía fascinado por ese mundo irreal, al que solo había tenido acceso a través de la pantalla de la televisión. Conoció cantantes que habían sido famosos, veía ensayar a los nuevos, y comprendió que además de tener muy buena voz se debía tener carisma, como su padre solía apuntar: «sin carisma no hay buena voz que valga».

—Hijo, aquel que ves allá tiene una voz fenomenal pero no llega al público. Mirá aquel otro: es casi un enano, ¡pero fijáte como los tiene embelesados!

Cierto día en casa, mientras ayudaba a su padre a lavar el coche, Nick tarareaba una canción con un estribillo pegajoso que sonaba insistentemente en la radio, se la había aprendido de memoria. Su padre, al escucharlo, se detuvo un momento.

—Lo hacés muy bien, ¡tenés buen timbre!

A Nick le produjo una íntima satisfacción. Consideraba a su padre el máximo conocedor de todo aquello, y si bien para entonces solo tenía nueve años, ya tenía un criterio formado acerca de lo que le gustaría ser, pero sabía que su madre soñaba que fuera un profesional, un médico, un abogado... y solo por el gran amor que le tenía estaba decidido a complacerla.

El día que su padre le dijo: «te voy a poner a cantar» cuando iban camino a La Cueva, un lugar en el que se abigarraban gran número de aspirantes a actores, cantantes y músicos, incluyendo a escritores, la mayoría de ellos sin empleo, lo primero que pensó Nick fue en su madre. No estaría para nada feliz. Pero calló y acompañó a su padre porque él deseaba ir, le entusiasmaba frecuentar sitios nuevos y si, como decía su padre el lugar era inaccesible para algunos, algo bueno debía de haber allí.

—Hay un par de músicos que son amigos míos, nos harán el favor de acompañarnos. Yo estaré con la guitarra, les he dicho que tienes una voz...

—No sé si pueda hacerlo en público, pa.

—Claro que podrás, yo estaré ahí para apoyarte.

De entrada la mayoría se rio de él.

—¡Es un bebé! —decían.

Pero la labia de su padre no tenía parangón. Los convenció y Nick se vio alzado y situado en el escenario como por arte de magia. Después de indicar a los músicos la melodía que había escuchado tararear a Nick, tocó los acordes correspondientes en la guitarra. Miró a Nick y le dijo:

—Es tu turno. Canta cuando te dé la señal. ¡Ahora!

Con voz al comienzo insegura Nick empezó a cantar, pero poco a poco fue ganando confianza y el barullo fue tornándose en silencio. Su alto timbre de voz llamo la atención hasta de los más alejados y giraron hacia él. Su voz potente y bien entonada, clara como el cristal, no perdía ni un tono. Nick cantaba con los ojos cerrados para poder concentrarse, completamente ajeno a la revolución que se estaba llevando a cabo. Su rostro de querubín y su melena rubia lo hacían parecer un ser irreal. Los vítores y aplausos no se hicieron esperar al terminar. Había nacido una estrella.

Su padre no cabía en sí de orgullo, sentía que los aplausos eran para él. Desde ese día fueron muchas las ocasiones en las que volvieron a La cueva para beneplácito de sus ahora compañeros de farándula. Nada de eso sabía su madre hasta que ocurrió la bancarrota. Nick veía que todos los esfuerzos que había hecho durante años se convertían en añicos por causa de su padre, quien no sabía qué hacer para reparar el daño causado. Por primera vez Nick lo vio preocupado y arrepentido. A sus cortos diez años quería hacer algo para ayudar y vio su oportunidad.

—Papá, hay un concurso en el canal cuatro, el premio es de cinco mil dólares y el contrato con una discográfica. Dicen que es para niños. Quiero participar.

El padre, que todo lo que había hecho en la vida era para divertirse, no pensó que Nick hubiera tomado tan en serio lo del canto.

—Creo que podremos participar —dijo—. Tal vez tengamos suerte.

—Estoy seguro de que ganaré —afirmó Nick.

Era lo que pensaba, lo sentía en la piel, en el corazón. Tenía un mes para prepararse; todos en La Cueva pusieron su granito de arena. Uno compuso una canción, otros hicieron los arreglos musicales, los ensayos eran diarios y para suerte de Nick estaba en época de vacaciones. Su madre poca atención les prestaba inmersa en sus preocupaciones.

Llegó el día. Nick era el tercero en la lista de doce concursantes. Después de su actuación nadie tuvo interés en seguir viendo al resto de participantes. Esa noche su madre por primera vez escuchó y vio cantar a su hijo. Su padre se lo había dicho horas antes. Incrédula miraba a su pequeño interpretar un tema tan difícil. Jamás lo hubiera creído. Lloraba emocionada.

En La Cueva todos tenía los ojos fijos en la pantalla, también se sintieron triunfadores. No quisieron compartir el premio, pues sabían la situación por la que atravesaba la familia de Nick, pero por primera vez, se sintieron ganadores.

Nick le entregó a su madre el cheque del premio, y le prometió que seguiría estudiando. Fue la primera promesa que no pudo cumplir a cabalidad. El contrato con la compañía disquera lo llevó a la popularidad, grabó un disco con catorce canciones, que rompió récords de venta. Se situaron en los primeros lugares del ranking. Después llegaron las giras nacionales y después internacionales; todos querían ver y escuchar al niño prodigio. El dinero entraba a raudales y su madre dejó de hacer salsa para espaguetis. Administraba el dinero de Nick. Su padre lo acompañaba en las giras, y cuando cumplió los catorce contrataron a un guardaespaldas permanente para Nick, que a cambio de la fama había perdido privacidad; ese guardaespaldas era Jack, un joven irlandés de veinticinco años, alto y fornido, hablaba poco español, y Nick aprendió a hablar inglés con acento irlandés. Grabó discos en español, inglés e italiano. Su fama era internacional. Pero a la par que esta crecía, sus responsabilidades también. A los quince años llevaba una carrera que lo obligaba a seguir trabajando para poder sacar adelante a una empresa compuesta por mucha gente que dependía de él. Ya no había marcha atrás. Maduró prematuramente y su fama se fue acrecentando con el paso del tiempo. Su voz de niño se fue convirtiendo en la melodiosa voz de un adolescente y luego, más adelante en una varonil voz de tenor. Su apariencia adquirió una elegancia que lo hizo diferenciarse de otros cantantes, pero tantas admiradoras, tantos halagos y tanto de todo lo convirtieron en un egocéntrico a veces difícil de sobrellevar. Era millonario, atractivo y talentoso. Solo los más cercanos sabían que era un joven cariñoso y sensible.

Después de la desafortunada muerte de sus padres en un accidente de avioneta le siguieron tiempos de dolor y soledad. Solo le quedaba su hermana Carolina y Jack, el guardaespaldas, que se había convertido en un amigo inseparable. Extrañó mucho a su padre, sus ocurrencias, sus carcajadas, se había sentido muy unido a él. Y su madre, al principio reticente a que siguiera la carrera artística, había terminado por aceptar su don excepcional y había administrado sus negocios con mano firme y rigurosa. Nick terminó viviendo en Los Ángeles, y a partir de los diecinueve años se radicó en los Estados Unidos. Ganó todos los premios en el ámbito musical pero no tenía tiempo para dedicarlo al amor como no fueran encuentros esporádicos con admiradoras, y si alguna vez se había sentido enamorado no podría decirlo con exactitud. Tenía acceso fácil a demasiadas mujeres, y por otro lado las consideraba complicadas. Su carrera siempre había sido lo más importante para él hasta que conoció a Margaret. Una mujer que no sabía nada de él, no era una admiradora, ni pertenecía al mundo en el que él se desenvolvía, una que no lo asediaba y a la que parecía importarle muy poco su fama y fortuna. Era mayor que él, eso saltaba a la vista, Pero muchos hombres tenían parejas mayores. Ojalá tuviera oportunidad de volver a verla, pensaba. La llamaría unos días antes para recordárselo, tampoco quería pasar por un desesperado. Le parecía raro que no lo hubiese llamado, cualquier otra lo hubiera hecho varias veces, pero ella no daba señales de vida. El beso de despedida grabado en sus labios no lo dejaba vivir. La suavidad de sus labios, el perfume que emanaba de su cuerpo lo embriagaban en un torbellino de sensaciones que le hacían imposible olvidarla.

—No puedo dejar de pensar en Margaret —le dijo a Jack.

—Estás enamorado, amigo.

—Creo que sí. ¿Por qué justamente de ella?

—Porque no se rindió a tus pies.

—Tal vez.

—Yo no la veo tan guapa como otras que has tenido, Nick. Creo que te has encaprichado por eso, porque no da muestras de estar loca por ti.

—No es un capricho, Jack. Es amor. Lo siento aquí —dijo tocándose el pecho.

Jack pensó que el amor era ciego.

—Qué me dices de su edad. Al menos te lleva diez años, Nick.

—No creo que sean tantos, ¿tú crees?

—Es obvio que sí. Aunque reconozco que no está nada mal, pero las mujeres como ella me inspiran desconfianza.

—¿Desconfianza? —Nick arrugó ligeramente la frente.

—Hay algo en ella que no me parece natural, es como si...

—En eso estás equivocado. Es muy natural.

—Me refiero a su mirada. ¿No te has dado cuenta cómo mira? Al verla me parece que es una mujer muy experimentada, como si fuese de más edad, no sé cómo explicarlo. —No sabes de lo que hablas, Jack, nunca había sentido por nadie algo parecido.

Jack prefirió no seguir con el tema. Cuando a Nick se le metía algo en la cabeza era difícil disuadirlo.

CAPÍTULO XIV

El chófer cargó con las valijas que traía Margaret y ella una vez en casa se fue a la cama después de tomar un té que le llevó Leonora. Cayó rendida en un sueño profundo hasta las nueve de la mañana siguiente, cuando llamó a Krauss y por primera vez quiso interesarse de las novedades de la empresa. Otras compañías se habían sumado al creciente número de clientes. Si hubiera delegado antes en él, las cosas hubieran sido diferentes, pensó. Atendían también a empresas nacionales, las cuales habían empezado a repuntar después de un prolongado período de recesión.

Empezó a asistir diariamente a la oficina ocupando el tiempo en enterarse de los pormenores. Conoció, estudió y evaluó a cada uno de los nuevos clientes. Aprendió los nuevos métodos implantados por Krauss; no quería perder detalle.

Trece días después de su llegada llamó Nick. Había pensado que no lo haría, que se habría olvidado de todo después de haber obtenido su bendito vídeo y en cierta forma se alegraba, pero al escuchar su voz juvenil se encendieron todas las alarmas.

—Margaret, ¿cómo estás? Soy Nick.

—Que grata sorpresa, Nick.

—Te he reservado un vuelo para el 14 de julio, es decir, mañana —le dio el vuelo, la aerolínea y la hora—. Te recogerá Jack para que no haya confusiones, tú lo conoces. Tienes reservación en el Sheraton. Él te explicará lo demás. Por favor, no me digas que no puedes o soy capaz de ir a traerte personalmente.

—Espera, espera, espera —dijo Margaret ante la avalancha

de información—. No has tomado en cuenta que yo podría estar demasiado ocupada…

—Tú lo prometiste, dijiste que estarías aquí.

Margaret miró la lámpara de filamentos dorados que colgaba del techo y suspiró.

—Está bien, Nick, allá estaré.

—Trae un vestido de noche, será una gala. Te mando un beso, Margaret.

Y colgó. Como si tuviera miedo de que ella se arrepintiera.

Margaret no pudo evitar una sonrisa. Era tan chiquillo… lo imaginaba con sus gestos y ademanes y le entró un aire tibio en el corazón. Iría. Tenía tiempo y en el negocio no parecía hacer falta. De todos modos debía informar a Krauss.

—Pensé que te quedarías más tiempo… te informo que habrá un evento dentro de veinte días al que estás invitada como dueña de la empresa, habrá gente del gobierno y también algunos invitados importantes que para esa fecha estarán en el país.

—¡Vaya!, es lo bueno de tener contactos —comentó Margaret sin prestar demasiada importancia.

—Los contactos son importantes Margaret, son el mejor activo que puede tener una empresa, y debemos aprovecharlos, no sabemos hasta cuándo durará esta bonanza.

—No te preocupes estaré aquí dentro de un par de días, es un pequeño compromiso que debo cumplir.

—Suerte y hasta pronto, Margaret —dijo Krauss, notando la impaciencia reflejada en los gestos de ella.

El cambio dado por Margaret había sido brutal. Ya no era la mujer insegura de antes; mucho menos la que acostumbraba escuchar pacientemente todo lo que él tuviera que decirle, no obstante su nueva faceta no le desagradaba. Ella jamás podría despertarle algún sentimiento de animadversión, tampoco era que lo atrajese desde otro punto de vista que no fuese el puramente amistoso, y en especial el de agradecimiento por darle la oportunidad que estuvo esperando en su vida. Trabajar para

Margaret le producía bienestar y lo hacía con gusto.

Durante esos días Margaret había recibido algunas llamadas de Theo, siempre atento y cariñoso. El problema de la clínica había sido más delicado de lo que en un comienzo supuso, el paciente era influyente en los círculos judiciales, y la preocupación de Theo era evidente, sin embargo nunca más le dijo que la amaba ni le propuso que fuesen algo más que amigos. Él se controlaba para no gritarle sus verdaderos sentimientos, mientras que Margaret se sentía aliviada de que hubiera comprendido que con ella no tenía futuro.

Después de escuchar los discos de Nick, Margaret se dio cuenta de que lo había escuchado muchas veces por radio, era uno de los cantantes más cotizados por su hermosa voz. Había sido afortunada al conocerlo, pensó: últimamente la fortuna parecía ser su compañera inseparable.

Jack vio el rostro de Nick arrebolado al colgar el teléfono. Los ojos brillantes y la expresión en su cara eran síntomas inconfundibles de un resfrío.

—Pasado mañana es la presentación del vídeo, será mejor que tomes una aspirina y te acuestes, no es bueno que pesques un resfriado a estas alturas.

—Me siento mejor que nunca, Jack —dijo él dando un suspiro—. Acabo de hablar con Margaret, llegará mañana. Debes recogerla en el aeropuerto… ¡la vida es bella!

—Volverás a ver a tu bella dama.

—Y esta vez no la dejaré escapar —dijo Nick guiñándole un ojo.

—Que así sea —sentenció Jack con solemnidad.

Camino al aeropuerto Margaret advirtió a Manrico:

—Si llama el doctor Kaufmann le dices que tuve que viajar por asunto de negocios. Díselo también a Leonora.

Prefirió que Theo no se enterase del motivo de su viaje, sería mejor para él.

Tomó unas pastillas para dormir durante el vuelo, cuando despertó habían llegado a Los Ángeles.

Jack la llevo al hotel. Margaret no pronunció una palabra. Estaba acostumbrado a que las mujeres de Nick le hicieran un sinfín de preguntas, pero ella era diferente. Muchas veces le había pasado a sus admiradoras, pero aquello sería imposible con Margaret, sonrió Jack para sus adentros. Por otro lado, ella no era una mujer de su gusto. Le llamaba la atención que a Nick le pareciera fascinante. A él le parecía más bien vulgar, en el sentido de que no le encontraba el atractivo y la belleza que le adjudicaba Nick.

Después de una hora de haber llegado, Nick la llamó. Quedaron en verse al día siguiente cuando Jack pasaría a buscarla para llevarla a su casa, donde sería la exhibición del vídeo y la celebración del nuevo CD.

Después de pasar por altas rejas de hierro y un largo camino de grava, de pie frente a la puerta de una hermosa residencia la esperaba Nick vestido de smoking, más guapo que nunca. Se apresuró a alcanzarla y la ayudó a salir del coche. Ella vestida de largo lucía un maquillaje suave y el pelo recogido.

—Estás bellísima.

—Gracias, tú también, Nick —contestó ella con una sonrisa que mostraba dos pequeños dientes delanteros.

En el interior ya había reunidas cierta cantidad de personas diseminada por los diferentes salones. El jardín iluminado con tenues tonos de verdes y rosas, y la piscina con arreglos florales flotantes también iluminados eran marcos fantásticos, distinguidos. Nick la fue presentando a los invitados, cantantes, productores; gente del ambiente. También periodistas y conocidos hombres de negocios.

Se dirigieron a una sala de proyecciones aledaña a la casa, donde cada uno tomó asiento. Y empezó la función. Aquello no tenía nada que ver con lo que Margaret había visto en el estudio en París. Se veía rodeada de jardines, caminando por un sendero empedrado, corriendo… y después el beso. La música, la voz de Nick y la recreación de las imágenes parecían mágicas. Ella tuvo la convicción de que ese disco ganaría algún premio, era muy bueno. Él no cabía en sí de satisfacción, sabía lo que hacía y su carrera se había basado en su instinto natural para intuir los buenos temas y escoger los apropiados para su voz y su presencia escénica. Legiones de admiradores de ambos sexos se rendían ante su encanto, era el niño mimado de los medios, cualquier cosa que hiciera era publicitada, pese a tratar de ocultar en lo posible su vida privada, pero aquella noche había permitido que algunos periodistas estuviesen presentes. Esperaba que hicieran una cobertura y que conocieran a Margaret, la mujer del vídeo. Tampoco se cuidó de ocultar su admiración hacia ella. Sentado al lado de Margaret de vez en cuando le decía cosas al oído, gesto que no pasó inadvertido a los paparazzi. Una de esas veces le dijo: «gracias» y le dio un beso en la mejilla. Tenía sus manos entre las suyas y fue así mientras duró el video.

Los aplausos no se hicieron esperar y pasaron al salón principal. Nick posó su mano en la espalda desnuda de Margaret y le entraron unas ganas incontenibles de acariciar su piel.

—Quiero que te quedes esta noche conmigo —le dijo al oído.

La magia de la noche, la música, el ambiente y sus deseos retenidos la hicieron responder con una sonrisa de asentimiento. Él la llevó hacia los jardines y la besó en la boca. Fue un beso prolongado, apasionado, en el que cada uno sentía entregar la vida. Un éxtasis jamás sentido por ninguno de los dos. Uno y otro, que durante su vida habían tenido infinidad de parejas, por primera vez sentían algo diferente a lo que habían vivido antes. Se separaron al ser sorprendidos por el flash de un fotógrafo. Sin perder la compostura, Nick se acercó al fotógrafo y le pidió que se retirara. Jack, el guardaespaldas, apareció detrás y Nick le hizo un gesto de condescendencia. No impidió que la foto fuese publicada, por primera vez deseaba que todo el mundo lo supiera.

La magia se había roto.

—Volvamos al salón —dijo él.

La noche transcurrió entre saludos, tragos y risas, y poco a poco los invitados se fueron despidiendo. Jack se retiró a sus habitaciones y Margaret supo que el momento que ansiaba había llegado.

Fue la mejor noche de Margaret. Era la primera vez que la frase hacer el amor tenía ese significado para ella. Se entregó en cuerpo y alma al igual que Nick. Se amaron con desesperación, ella porque sabía que no habría más futuro y él porque no sabía qué pasaría después.

Con su exótico rostro recostado en la almohada de seda, Margaret respiraba acompasadamente. Nick la observaba en silencio. Le dio un beso en los labios. Ella despertó y lo miró sonriendo.

—Buenos días, mi amor —dijo acurrucándose a su lado.

Nick volvió a recostarse y se quedó dormido, tranquilizado por su presencia. Esta vez ella era quien lo miraba admirando sus facciones, el ejemplar más hermoso que hubiera visto. Si existieran los ángeles, con seguridad sería uno de ellos, pensó Margaret, sin contener las lágrimas que corrían por sus mejillas. Se vistió con sigilo y salió. Debía buscar a Jack. Lo encontró en el jardín, haciendo guardia.

—¿Me harías un favor, Jack?

—Por supuesto. ¿Qué se le ofrece?

—Llévame al hotel, no quiero despertar a Nick.

—Como usted diga.

Apenas llegó recogió sus pertenencias y salió al aeropuerto en un taxi.

Ya en el avión pensó que era lo mejor que pudo haber hecho. No dejó ninguna nota, nada que sirviera de alguna esperanza, simplemente se esfumó de la vida de Nick. Cambiaría el número de su celular, era todo lo que él tenía de ella. Sabía que estaba enamorada y no podía darse el lujo de hacerlo de un joven al que le llevaba más de veinte años. ¿Qué sucedería en el futuro cuando las cirugías dejasen de hacer efecto y su cara y su cuerpo recuperasen su verdadera edad? Porque sucedería, de eso ella estaba segura, hasta ese momento había logrado detener el tiempo a base de operaciones, pero no podría ser siempre así. Él llegaría a enterarse de su verdadera edad y dejaría de ser atractiva a sus ojos, podía soportar que la odiase, mas no que sintiera repugnancia de ella, eso jamás. Mientras él cada día se iría haciendo más atractivo, ella iría en decadencia. Ya en esos momentos existía una gran brecha generacional, no comprendía algunos términos que él utilizaba para referirse a las cosas que solo él entendía, ni siquiera estaba al día con la música, películas, cosas que para él eran habituales... definitivamente no. Sería un gravísimo error desde todo punto de vista. Se sintió la mujer más infeliz del mundo, era como llegar a las puertas del paraíso y que estas estuviesen cerradas para ella.

¿De qué servía el dinero si no podía comprar la verdadera felicidad?

Cuando Nick despertó pensó que Margaret estaba en el baño. Pero no escuchó ninguno de los ruidos habituales, al recorrer la casa y no ver señales de ella sintió que el pánico se apoderaba de él. Fue en busca de Jack.

—¿Qué pasó con Margaret?

—La llevé a su hotel hace un par de horas.

—¿Por qué?

—Porque ella me lo pidió, no podía negarme, Nick. Sería como retenerla aquí en contra de su voluntad.

—¿Por qué lo hiciste? ¿Por qué no me avisaste?

—La verdad… no creí que fuese lo más conveniente.

—¿Conveniente? ¿Conveniente para quién? ¿Acaso no te das cuenta…? ¡Qué puedes saber tú!

—Cálmate, Nick, es solo una mujer más, ella deseaba irse.

—No es una mujer más, ella es la mujer, la que yo he estado esperando, ella es… Dios, ¿cómo pudo hacerme esto?

—Lo siento, Nick, yo no quise hacerte daño, ella dijo que quería irse y se fue.

Nick en ese momento llamaba al hotel. Fue inútil, ya había partido.

—Se fue. Y presiento que jamás la volveré a ver.

—Qué dices, Nick, claro que volverás a verla, creo que solo está tratando de hacerse la interesante.

—No lo creo. Ella es diferente, Jack. ¿Por qué te fuiste, Margaret? —preguntó Nick mirando al cielo. Gruesas lágrimas bañaban su rostro.

—Cálmate, Nick, todo pasará, ya lo verás —Intentó consolarlo Jack, pasándole un brazo por los hombros, como si fuese un niño, mientras lo llevaba al interior de la casa.

—Yo la amaba, la amo, nunca sentí algo igual por nadie…
—murmuraba Nick—. ¿Por qué se fue? No lo comprendo. Tienes que
encontrarla, Jack.

—Lo haré, Nick, lo haré.

Al cabo de dos horas Nick estaba ebrio. Había bebido
demasiado. Jack lo llevó a su cuarto y lo acomodó en la cama.

Pensó que todo era muy injusto. Jamás se había enamorado
y aparecía esa maldita mujer. La que menos le convenía y bastó un
instante para que quedara flechado. Lo curioso de todo era que ella
también parecía estar muy sentida. Cuando la miró por el retrovisor
notó que parecía contener el llanto. ¿Qué era lo que sucedía con ella?
Por un lado lo sentía mucho por Nick, pero por el otro la prefería lejos,
sospechaba que ella no era la mejor para él. Una ironía del destino,
pensó.

El comportamiento de Nick se volvió irascible. Hosco,
impaciente, intransigente, mucho más que antes, cualquier error,
cualquier falla que captaba en los ensayos era seguida por una
andanada de mal humor. Sus modales groseros amargaban el ambiente,
y se desquitaba especialmente con Jack, quien trataba inútilmente de
aplacar sus ánimos. Le había dedicado toda una vida, no se había
casado para ocuparse de Nick. Y no era solo el trabajo, lo quería de
verdad, pero Nick no parecía apreciarlo. Después de que fuera tratado
a empellones por él decidió renunciar.

—Hasta aquí llego, Nick. Me voy. Vendré después cuando
arregles mis cuentas.

Nick recibió las palabras como un balde de agua helada. Cayó
en cuenta de que Jack no era un empleado más. Era prácticamente la
única familia que tenía, porque su hermana Carolina se había ido a San
Francisco y no deseaba verse envuelta en el mundo que lo rodeaba.

—Perdóname Jack, no fue mi intención. No volverá a pasar,
te lo prometo.

—Debes controlarte, Nick, estás dañando tu carrera,
ninguna mujer se merece eso. El mundo no se termina porque no te
correspondan. La gente ya no desea trabajar contigo, y la verdad, yo
ya estoy harto.

—Tienes razón, Jack, nadie tiene culpa de lo que me sucede, te prometo cambiar. Me he estado comportando como un imbécil. No te vayas, amigo.

—Algún día encontrarás a la mujer de tu vida.

—A la mujer de mi vida ya la encontré. Y la perdí también —dijo Nick con una triste sonrisa.

Jack solo movió la cabeza de un lado a otro.

CAPÍTULO XV

A Margaret la embargaba un sentimiento de tristeza, no se había sentido así jamás. Comprendió que la riqueza no hacía la felicidad y le estaba negado el amor, porque era amor lo que ella sentía por Nick, un amor que llenaba su pecho y parecía ahogarla y no la dejaba respirar. ¿Cómo era posible que con su experiencia hubiese podido caer en las redes de un chiquillo?, pensaba. Pero al mismo tiempo sabía que él no le había tendido ninguna red, que era ella la que había ido porque así lo deseaba y lo que en un principio creyó era simple deseo físico, resultó ser otra cosa diferente a todo cuanto había sentido antes. Todos aquellos meses que había vivido derrochando el dinero y ocupándose de oficios tan superficiales como los cambios en su apariencia, acostándose con desconocidos para probarse a sí misma que era una mujer joven y deseable, le parecían absurdos. ¿En qué pensaba cuando hacía todo aquello? Era una mujer que pintaba canas, cincuenta años eran medio siglo, y en cuanto Nick se enterase de su verdadera edad sería el primero en mirarla con repugnancia. Nick… para ella era una aberración haberse enamorado de un muchacho tan joven. Llegó a su casa y se encerró en su habitación. Necesitaba estar a solas, no quería mostrar su debilidad ante nadie, sus lágrimas eran de ella y su sufrimiento suyo. Lloró con desconsuelo, había perdido el dominio sobre sus sentimientos, y así pasaron dos días en los que Leonora de vez en cuando tocaba la puerta quedamente para preguntarle si deseaba algo, hasta que Margaret se dio cuenta de que la vida continuaba y no le quedaba más remedio que seguir viviendo.

De vez en cuando recibía correos de Theo, unas cartas mesuradas que trataban de ser indiferentes, pero entre líneas se notaba lo que él deseaba ocultar. Se sintió miserable por haber jugado con él, ahora podía comprenderlo. Pero Theo era otro hombre demasiado joven para ella, aunque no era el motivo principal, era más simple: no lo amaba.

Nick no volvió a mencionar su nombre desde la tarde en que ella desapareció de su vida. Solo Jack conocía su calvario. Se volvió más solitario, dejó de ser bromista y despreocupado. Un reportero le preguntó en la rueda de prensa si la canción del vídeo significaba algo para él y, pensativo, respondió: «Sí. Forma parte de mi vida». La declaración salió publicada y se convirtió en su disco más vendido. En la gira se mostró más maduro, su forma de interpretar partía el alma. Después de cada concierto regresaba al hotel solo, encerrado en sí mismo. Jack no pudo averiguar nada de Margaret y Nick se negó a contratar a un detective.

Seis meses después Margaret se había habituado a vivir con su dolor. Volvió a sumergirse en el trabajo como si fuera una tabla de salvación, y solo llegaba a casa para caer rendida de cansancio. Su amistad con Theo se había afianzado, no obstante no había más que eso. Notó en su agenda que era fecha de su próxima sesión con Rafaela en Miami, así que se tomó unos días de descanso. En realidad no se sentía demasiado animada, como había sido la primera vez, la convencieron las ganas que tenía de ver a Rafaela y salir del tedio en que se había convertido su vida. Al verla, ella la encontró mejor que nunca.

—Estás estupenda, Margaret. Cualquiera diría que encontraste la fuente de la juventud.

—Yo me veo igual que siempre, Rafaela, pero gracias.

—Te noto desanimada, ¿ocurre algo? ¿Theo, tal vez?

—No. Theo no tiene nada que ver. Estoy mal, Rafaela, es la verdad, pero no por él.

—Comprendo. El amor es así, nos hace muy dichosos, pero también nos hace desgraciados.

Margaret se encontró contándole lo de Nick. Necesitaba decírselo a alguien, y soltó todo lo que llevaba retenido.

—Y así sucedió, Rafaela, no he logrado olvidarlo, me siento tan infeliz…

—Lo que me acabas de contar es algo increíble. Nick Amicci estuvo por aquí la semana pasada, dio varios conciertos exitosos, mis hijas fueron, lo adoran... —Rafaela calló de improviso.

—¿Ves a lo que me refiero? Pertenece a otra generación.

—Vinieron conmovidas porque cantó con tristeza la canción donde estabas tú. Ellas no lo saben, ahora lo sé yo por lo que dijiste. Me llamó la atención que comentaran que la mujer que salía en la pantalla se parecía un poco a ti. Y al parecer él tampoco te ha olvidado.

—Lo hará. Y ojalá yo también pueda hacerlo.

—Tal vez no sería tan malo que ustedes se juntaran, hay casos emblemáticos como los de María Félix o Elizabeth Taylor.

—Pero yo no soy ellas y soy más cobarde de lo que creí —dijo Margaret.

Después de las sesiones, en las que Rafaela se asombró una vez más por la tonicidad de su piel, regresó a sus obligaciones. Pensó que había hecho bien en hablar con ella, hasta se atrevió a pensar que tal vez tuviera razón, pero le daba miedo empezar a hacerse ilusiones y salir más herida de lo que ya estaba.

El señor Krauss le esperaba con una noticia: debían conseguir personal para las Naciones Unidas. Algo inusual, pero la empresa tenía muy buenos contactos y las referencias eran excelentes. El perfil de los candidatos debía cubrir requisitos específicos: ser completamente bilingües, estar dispuestos a vivir en el extranjero, ser graduado universitario en Ciencias Sociales y tener vocación social. Serían distribuidos en países del Tercer Mundo. La semana entrante llegaría una delegación y aprovecharían para hacer una reunión.

Ese día Margaret presentó a los seleccionados. En el grupo de los delegados se encontraba la directora de protocolo, una joven que aparentaba ser inteligente y muy eficiente. Entablaron buena relación y cerraron el trato. No había paga de por medio, era un servicio que prestaba la empresa por tratarse de una entidad como las Naciones Unidas. Margaret quiso invitarlos a su casa, y allí en plan más amigable hicieron buenas migas ella y Carolina, la directora de protocolo.

A Margaret le extrañaba su apellido: Amicci. Le pareció una extraordinaria coincidencia. Carolina la invitó a conocer las oficinas en Nueva York.

—Acepto encantada. Tengo un amigo en esa ciudad, sería bueno hacerle una visita —dijo pensando en Theo.

Carolina posó su mirada de ojos tristes y una sonrisa distendió su rostro. Aunque iba impecablemente vestida tenía un aire de desaliño dado por su extrema delgadez, pero su presencia daba un aire de confianza y honestidad. El señor Krauss que, como siempre, tomaba nota de todo lo que consideraba importante, fijó la fecha para su visita a Nueva York, levantando esta vez la ceja derecha más que de costumbre. Era un hombre detallista, algo nervioso, pero Margaret había aprendido a pasar por alto sus rarezas.

Theo recibió la noticia con alborozo, presentía que ella empezaba a ceder debido tal vez a que él no era insistente. Y no era una táctica para atraerla, había decidido no presionarla por él mismo. Se sentía ridículo rogando por amor.

Margaret conoció las oficinas en las Naciones Unidas y el sitio de trabajo del personal que ayudó a conseguir. Algunos ya habían partido para África y la India. Fue a almorzar con Carolina y se creó entre ellas una incipiente amistad. Carolina admiraba a Margaret, deseaba ser como ella, atractiva, elegante, encontraba en su persona una calidez y comprensión poco usuales, y en medio de la conversación Margaret le dijo que le presentaría a Theo, su novio. No supo bien por qué lo dijo, parecía que necesitara excusarse ante Carolina por salir con un hombre que, por lo que habían hablado estaba claro que era algo más que un amigo.

—¿Cuánto tiempo te quedarás aquí? —preguntó Carolina.

—Tal vez unos quince días más. No estoy muy segura.

—Tendremos tiempo para salir juntas, tengo mucho que aprender de ti.

—¿De mí?

—Sí. Tal vez aprenda a vestirme de manera apropiada, tengo mucha ropa, pero no me siento cómoda con ella. Y a ti parece quedarte todo muy bien. Soy tan fea…

—No digas eso, no eres fea.

—Sé cómo soy, Margaret —dijo Carolina con dureza.

Margaret comprendió que debía de ser honesta. Aquella mujer joven que tenía delante no se merecía hipocresías.

—Está bien. ¿Quieres que te diga algo? Creo que con una pequeña cirugía en la nariz y un corte de cabello distinto, tal vez un tinte con reflejos, tus ojos verdes lucirían más y la atención se centraría en ellos, no en tu nariz.

—¿Cirugía? Algunas veces lo he pensado, pero no tengo confianza en los cirujanos. He visto unos desastres…

—Theo es médico cirujano. Es el mejor.

—¿Él te ha operado?

—Sí, pero solo me hizo una liposucción —dijo Margaret—. Bueno, también me operó los párpados y elevó un poco mi rostro.

—Increíble. No pareces operada.

—Es lo que te digo, Theo es muy bueno.

Margaret la llevó a la clínica y Carolina obtuvo una cita y una fecha para la operación.

—No tengo que afinar tu nariz, solo limaré la protuberancia y la acortaré.

—¿Es una operación rápida, doctor?

—Una buena operación nunca debe ser rápida. Tal vez tarde un par de horas y más si hay complicaciones, que en tu caso, espero no las haya.

—Está bien, creo que tendré que ausentarme del trabajo por unos días, ¿verdad?

—Al día siguiente de la intervención realizaremos la primera revisión para retirar los tapones y verificar que todo está correcto. Te instruiré sobre cómo limpiar el interior de los orificios, las heridas externas —si las hubiera— y el interior de las fosas nasales. Sobre el cuarto día me gusta confirmar que todo sigue bien y que estás realizando la limpieza de forma adecuada. Al séptimo día retiraré el vendaje externo y las suturas externas —si las hubiera y no fuesen reabsorbibles—. Si el edema del dorso no ha bajado suficientemente colocaremos unas tiras de esparadrapo de papel durante tres o cuatro días adicionales. A partir de este momento las revisiones se irán espaciando en el tiempo, y en ellas debo supervisar que los procesos de cicatrización llevan buen curso. Las revisiones que se realizan durante los tres primeros meses son muy importantes porque pueden establecerse medidas adicionales que corrijan defectos de curación.

Después de la detallada explicación Carolina se sintió más confiada.

—Me pongo en sus manos, doctor.

—Para ti soy Theo, Carolina —dijo él regalándole una deliciosa sonrisa.

Carolina, acomplejada por su apariencia no entablaba amistad con facilidad. En el trabajo era competente y no perdía el tiempo en tonterías, justamente porque no daba espacio a que nadie se le acercara. Por otro lado, eran muy pocos, por no decir nadie quienes deseaban algo más que un compañerismo con ella. Siempre había pensado que si hubiese sacado la nariz de su madre, como la tenía Nick, las cosas hubieran sido muy diferentes para ella, pero era más parecida a su padre, quien según las fotos que tenía, lo que más sobresalía de su rostro era su alargada nariz con un arco bastante pronunciado. En un hombre podía pasar, además él había sido corpulento, lo que sin duda habría ayudado a que su nariz no fuese la parte más sobresaliente de su anatomía, pero ella era demasiado delgada y ante todo, una mujer. Pensar que en poco tiempo su rostro tendría las facciones adecuadas la llenó de ilusión.

Su hermano Nick vivía en Los ángeles y ella se había trasladado a San Francisco para poder estudiar con tranquilidad, lejos del tumulto que ocasionaba Nick. Odiaba las comparaciones, y no es que tuviera algo en contra de su hermano, lo quería mucho, era su única familia, pero la gente no se paraba en contemplaciones. Él había pagado sus estudios universitarios, y ella había correspondido siendo sobresaliente. Al encontrar trabajo en las Naciones Unidas su vida tomó un giro diferente. Ganaba bien y podía pagarse sus gastos, no obstante su hermano seguía transfiriéndole dinero a su cuenta, como siempre.

La última vez que se habían visto ya ella vivía en Nueva York.

—Estoy orgulloso de ti, hermanita, no sabes cuánto. Eres una mujer preparada, algo que no pude hacer yo.

—Qué dices, Nick… la gente se prepara para tener éxito en la vida y tú lo obtuviste desde muy joven, no necesitas más de lo que tienes.

—Pero siempre me sentiré en desventaja intelectual.

—No te conocía esos complejos —le había dicho ella revolviéndole el pelo.

—No son complejos, algún día me daré tiempo para estudiar, ya verás.

Siempre decía eso, y nunca parecía tener tiempo. Y era cierto. Con una vida demasiado complicada, y con amoríos que no le dejaban tiempo para más. Ella lo sabía bien. Su hermano era uno de los hombres más guapos que ella hubiera visto, las mujeres lo perseguían y él no se hacía de rogar, pero algo había cambiado en él. Su actitud no era la misma de siempre, parecía llevar una carga difícil de soportar.

—¿Te sucede algo, Nick? —le había preguntado.

—No. Estaba pensando que eres una chica joven que estás rodeada de gente, entre ellos debe de haber jóvenes que se sientan atraídos por ti. Ten cuidado, Carolina. No te enamores. Y si lo haces, ve con cuidado, es mejor que te asegures de ser correspondida.

—No tengo planes de enamorarme Nick. Al menos no hasta ahora. ¿Qué hay de ti? ¿Estás enamorado? Por otro lado, ¿quién planifica el amor? Nadie, que yo sepa.

—Es cierto. Soy un cretino.

—¿Qué sucede, te enamoraste, Nick?

—Sí. Pero de la persona equivocada.

—¿Por qué dices eso?

—Ella no desea saber nada de mí.

Siempre pensó que no existía la mujer que se le resistiera, y ahora, él le daba a entender que sufría por una mujer. La odió. Sin conocerla y sin querer saber los motivos, ya sentía antipatía por ella.

La operación se llevó a cabo sin ninguna novedad. Margaret regresó a su país cuando le retiraron a Carolina la férula de la nariz y solo le dejaron unas tiras de papel. Durante ese tiempo fue como si se hubiera despertado en Margaret su instinto maternal, sentía un cariño indefinible hacia su joven amiga, que ella lo adjudicó a una profunda amistad. Y el sentimiento de Carolina era recíproco. Margaret le había dicho la edad que tenía y no le creyó. Para ella era imposible que una operación la hubiera rejuvenecido tanto.

Pero aquellos días en Nueva York no solo habían sido salidas con Carolina. También lo había hecho con Theo, y finalmente ella había claudicado. Sea por la necesidad de olvidar a Nick o porque no podía dejar de lado sus necesidades sexuales, el caso es que pasaba las noches en el apartamento que Theo tenía frente al Central Park. Se dejaba amar aunque su mente estuviera con otro. Era experta entregando su cuerpo, lo había hecho de joven sin sentir amor, solo placer. Hubiera podido quedarse allí, no había ninguna cosa que la obligara a regresar, pero llegó un momento en que Theo la hastió.

—Debo irme, Theo, me necesitan en el trabajo.

—Ellos pueden hacerlo sin ti, quédate conmigo.

—No. Volveré en un mes. Te lo prometo, si no lo hago puedes ir a buscarme —dijo ella sonriendo—. No descuides a Carolina, quiero mucho a esa chiquilla.

—Descuida. Me haré cargo, al menos sé que regresarás por ella —dijo él con ironía.

—No seas tonto. Lo haré por ti.

Pero no era cierto.

CAPÍTULO XVI

Hubiera querido amar a Theo, pero su corazón lo ocupaba Nick, ¿acaso ella sería anormal?, se preguntó. Habiendo tantos hombres en el mundo dispuestos a salir con ella tenía que haber puesto sus ojos en un cantante de moda más de veinte años menor. Al menos Theo tenía treinta y nueve años, pero no lograba enamorarse de él por más que lo intentaba. Y el sexo no lo era todo.

Carolina visitó a Theo y le quitaron las tiras de papel. Su nariz se veía inflamada, pero a pesar de ello lucía muchísimo mejor. La sonrisa de Theo le dijo que las cosas andaban muy bien.

—Mírate —le dijo dándole un espejo de mango.

—No lo puedo creer. Me veo diferente, muchas gracias, Theo.

—Y te verás mejor, la inflamación durará unos meses, procura no usar anteojos todavía, nada que pueda dañar la nariz que ahora tienes.

—No uso anteojos, y no usaré los de sol, Theo, me siento… como otra persona.

Theo la observaba con mirada crítica tratando de encontrar cualquier indicio negativo y se tropezó por primera vez con sus ojos. Eran verdes con rayitos de color turquesa. Antes no lo había notado; la nariz ocupaba toda la atención de su rostro.

—Con esos ojos sería un pecado usarlos —dijo, y desvió la conversación al ver que las mejillas de Carolina tomaban un color rosáceo—. Puedes ir a trabajar la próxima semana, procura ser cuidadosa, duerme de espaldas, no hagas nada que ponga en peligro tu nariz.

—Gracias, Theo, muchas gracias.

—Es mi trabajo, Carolina, ha sido un placer servirte.

—Llamaré a Margaret para darle la noticia.

—Dale mis saludos. Y recuerda venir en quince días, debo monitorear tu recuperación.

Carolina salió caminando entre nubes, feliz de poder mostrar su rostro aunque estuviera inflamado. Estaba segura de que su vida a partir de ese día cambiaría. Llamó a Margaret para darle la noticia.

—Me alegro mucho, Carolina, te dije que era lo único que te hacía falta, un pequeño cambio. Muero por verte, pero no podré viajar en la fecha prevista. Creo que en treinta días estaré por allá.

Margaret no deseaba ver a Theo. Era la verdadera razón. Lo llamó para decirle y al mismo tiempo llevar a cabo sus planes.

—Theo, no podré estar allá hasta dentro de un mes, tal vez más. Lo siento.

—Está bien, mi amor, comprendo.

—Llamó Carolina, está feliz. Espero que su vida cambie y empiece a tener amigos.

—Carolina quedó muy bien, y para cuando vengas estará mejor.

—Creo que deberías invitarla a almorzar, hazlo por mí, Theo, es tan solitaria, la siento tan indefensa…

—Te aseguro que de indefensa no tiene nada, Margaret, no me parece buena idea salir con ella.

—¿Tiene algo de malo?

—No, por supuesto, pero no sé si ella lo desee, no sé. No creo que lo haga.

—Anda, amor, te lo pido yo, se sentirá feliz.

—Veremos. No te prometo nada.

Theo se sintió estúpido. ¿Por qué amaba a Margaret? No lo

comprendía. Ella lo ofrecía en bandeja como si quisiera deshacerse de él. Era una mujer demasiado complicada. Salir con Carolina le parecía absurdo, sin embargo la llamó. Quiso darle celos a Margaret a pesar de que la idea había sido de ella.

Carolina estaba radiante después de su llamada. Tendría a quién mostrarle su nuevo corte de pelo, un lujo que podía permitirse con sus nuevas facciones. Sentía que traicionaba a Margaret, pero deseó salir con Theo aunque fuera nada más por sentirse acompañada de un hombre atractivo, no importaba que no fuese sino un amigo, tener un hombre al lado era una experiencia que deseaba intensamente y ese día con el corazón latiéndole a velocidad, esperó impaciente la llegada de Theo. La operación había dado lugar a que en su vestuario, su cabello y hasta en su forma de comportarse se notara el cambio, por primera vez se sentía una mujer capaz de despertar miradas de admiración y fue lo que íntimamente deseaba de Theo.

Él se sumergió en las profundidades del metro para ir a casa de Carolina; lo prefería a llevar el coche, no sabía si tendría dónde estacionarlo. Caminó un par de cuadras hasta llegar al viejo edificio de color oscuro con las paredes del frente cruzadas por escaleras de emergencia. La puerta principal de madera con ventanas de hierro forjado formando extraños dibujos se hallaba entreabierta. Subió hasta el tercer piso, como indicaba la dirección y esperó a que Carolina abriera la puerta después de tocar el timbre.

La mirada de él al verla fue el mejor regalo de Carolina esa noche. Sin duda era de admiración.

—¿Deseas pasar? —invitó ella.

—Claro. Te ves muy bien, Carolina —dijo Theo. Después de la primera impresión empezó a mirarla con ojos de cirujano. La operación había quedado muy bien, no habría necesidad de retoques en su rostro como en ocasiones sucedía para darle proporciones correctas. Se sintió satisfecho y feliz por ella.

—Espérame un segundo y salimos, siéntate.

Ella fue a su dormitorio cogió el bolso y regresó. Los zapatos altos la hacían verse elegante, toda ella se veía muy bien. Movió con coquetería su cabello lacio con reflejos dorados cortado en capas y Theo sonrió.

Caminaron varias cuadras mientras hablaban de Margaret, como si la ausencia de ella hiciera necesario hacerlo.

—Margaret vendrá dentro de un mes —dijo ella.

—Lo sé.

—Le diré que salimos a cenar.

—Ya lo sabe —dijo él con estudiada indiferencia.

—¿Lo sabe?

—Sí, fue su idea.

La sonrisa de Carolina se fue esfumando hasta que sus labios hicieron un gesto muy característico. Hundió las mejillas y guardó silencio.

—No creas que lo sentí como una orden, me encanta hacerlo, eres una persona maravillosa, Carolina.

—Sí, claro, muchas gracias.

La alegría y espontaneidad de ella se esfumaron. Parecía que la sombra de Margaret empezaba a expandirse y que a medida que caminaba las farolas de la calle iluminaban cada vez menos.

—¿Conoces el Francis?

—He pasado algunas veces por ahí.

—Esta noche entrarás. Te va a gustar.

—Gracias.

Volvía a ser la chica de conversación monocorde de antes de la operación. Leyeron la carta en un silencio embarazoso mientras Carolina no se fijaba en nada de lo que estaba anunciado.

—¿Te gustan los mariscos? Son la especialidad de este lugar.

—Por favor, pide por mí, confío en tu criterio.

Theo hizo el pedido y cuando trajeron el vino se animó a aclarar las cosas.

—Para mí es un placer tu compañía, Carolina, no deseo que

pienses que te invité porque se le ocurrió a Margaret. Si es lo que piensas estás equivocada. Me alegré mucho cuando ella me dio la idea, realmente deseaba hacerlo.

—Me siento incómoda hablando de eso. Sé que soy muy susceptible; no estoy acostumbrada a que me inviten a salir. ¿Tú la quieres mucho, no?

—Así es.

—Me gustaría enamorarme —dijo Carolina mirando con intensidad la copa, como si se tratase de la reliquia de un museo.

—El amor es silencioso, callado, casi mudo. No se pregona a los cuatro vientos porque no necesita la aprobación de nadie. El amor puede ser sublime y también trágico. Y cuanto más oculto, más profundo. Si es correspondido se conoce la gloria y si no la vida se vuelve un infierno. Es mejor amar en silencio para que se conserve latente que declararlo y recibir un no —dijo él mirando la copa de ella casi con la misma atención.

Para cualquiera que los observara podría tratarse de un par de catadores de vino que hablaban del contenido de la copa.

—Si no te arriesgas, jamás sabrás lo que la otra persona siente.

—Ya lo hice.

—¿Acaso Margaret no te corresponde? —preguntó Carolina alzando la mirada hasta clavar sus ojos verdes en los de él.

—Es extraño, pero no lo sé con exactitud. Creo que no. Eso lo debes saber tú, entre mujeres se cuentan todo.

—No hemos tocado ese tema. Hay cosas de las que no me atrevo a hablar con ella.

—En fin, esta noche prefiero celebrar tu nuevo aspecto, como tu médico lo apruebo en su totalidad —dijo él alzando su copa—. No hagas caso de lo que dije.

A partir de ese momento la conversación fluyó de manera natural. Carolina se sentía confortable con la compañía de Theo, su presencia y don de gentes le proporcionaba una seguridad desconocida.

Le gustaba Theo y tenía la impresión de que él hacía el esfuerzo por no notarlo. Al despedirse ella deseó que él diera muestras de querer besarla, de que hiciera el intento de entrar a su apartamento, quiso encontrar un atisbo de interés, pero él se mostró demasiado correcto, demasiado amable. Demasiado amistoso.

Estaba enamorada de Theo. Por eso le había dolido que fuese Margaret la de la idea de invitarla a salir. En cierta forma era humillante que una amiga le prestara el novio. Pero él había dejado bastante claro que ella no lo amaba. Era él quien se derretía por ella, ¿y quién no? Margaret era todo lo que cualquier mujer desearía ser. Y cualquier hombre poseer. Por primera vez sintió envidia y supo que sus sentimientos hacia ella no volverían a ser los de antes. ¿Cómo era posible que una mujer tan vacía como Margaret pudiera despertar un amor tan intenso en un hombre como Theo? Porque con ella solo se podía hablar de moda, de ropa, de artistas de cine y de cirugías, pensó Carolina con rabia. Y Theo era un hombre cultivado con el que se podía tocar cualquier tema interesante y de quien podía aprenderse mucho. Y pensar que se había atrevido a decirle «Si no te arriesgas, jamás sabrás lo que la otra persona siente», como si ella fuese capaz de atreverse. ¿Por qué las mujeres como Margaret tenían tanta suerte?

Theo caminó cabizbajo de regreso al metro para ir a la clínica y coger el coche. Sin querer comparó a ambas y su cerebro atiborrado de dopamina no dejó lugar para Carolina. Margaret producía en él una urgencia que dolía. Solo al pensarla la deseaba tanto que era capaz de tener una erección en ese instante. ¿Aquello era amor o simple deseo físico? ¿Qué otras cosas lo atraían de Margaret? Trató de ser racional. No recordaba haber tenido alguna conversación interesante o que ella se hubiese preocupado por él a pesar de los problemas que tuvo con la clínica. Lo de ellos era sexo. La seducción que ella ejercía en él lo hacía olvidarse de todo, inclusive de él mismo. Cuando estaba a su lado solo deseaba satisfacer sus demandas por más esperpénticas que fuesen. Qué diferencia con Carolina, pensaba, y no es que viese en ella una sustituta de Margaret, ni siquiera podía atreverse a compararlas porque no tenían nada en común y él lo que menos deseaba era hacerle daño o darle alguna clase de esperanza. Si fuese otra hubiera entrado a su casa, su actitud era tan obvia que lo enterneció. Era demasiado ingenua. Le hubiera gustado conocerla en otras circunstancias, una en la que Margaret no existiera.

CAPÍTULO XVII

Nick daría su último concierto de la temporada en Nueva York. Llamó a Carolina para invitarla sabiendo que no aceptaría. Quedaron en que la visitaría al día siguiente porque ella le dijo que tenía una sorpresa. A seis meses de la operación Carolina lucía un perfil delicado, como el que siempre había deseado. Margaret había regresado después de varios meses y Theo había corrido tras ella. Como antes, como siempre. Ellos habían salido algunas veces más pero él no daba muestras de ir más allá de una amistad, y ella se conformaba, aunque su sangre hervía en deseos de pertenecerle.

Nick no reconoció a Carolina hasta que ella se abalanzó sobre él para darle un beso. Ella reía porque notaba su confusión.

—¿Qué te hiciste, hermanita?

—¿No lo notas?

—Te ves muy bien… ¿tu nariz?

—¡Sí! Me la operé. ¿Te gusta?

—Claro que me gusta, pero antes también me gustaba como eras. Te noto cambiada.

—Me corté el pelo, cambié mi manera de vestir… pero todo es externo, Nick, soy la misma de siempre.

—Me gusta, me gusta mucho —dijo él mirándola con los mismos grandes ojos verdes como los de su hermana.

—Una amiga me aconsejó hacerlo, me recomendó a su médico, bueno, su novio, y este es el resultado, es uno de los mejores cirujanos de Nueva York. Me gustaría que los conocieras, haré una cena. ¿Cuántos días te quedarás en la ciudad?

—Ya terminé mi gira. Puedo quedarme algunos días, despacharé a mi equipo, necesitan un buen descanso.

—Entonces puedes quedarte aquí, Nick, tengo una habitación desocupada, no tengo los lujos a los que estás acostumbrado pero estarás cómodo.

—Qué dices, Carolina. Claro que acepto. Esta es una ciudad en donde puedo caminar tranquilo; mandaré a Jack también a Los Ángeles.

—Es bueno que te comportes como una persona normal, sin ese guardaespaldas que te persigue a todos lados. ¿Dónde está?

—Abajo.

—La cena será esta noche.

—Me dará gusto conocer a tu médico. Es bueno saber que tienes amigos, Carolina. Arreglaré unos asuntos y volveré por la tarde.

Esa tarde regresó Nick con una botella de champagne y flores.

—Gracias, Nick. Justo lo que hacía falta, las pondré en el jarrón.

—¿Cuándo aprendiste a cocinar? —preguntó él con curiosidad.

—No aprendí. Encargué la cena, la traerán de un restaurante francés y vendrá un mesonero para atendernos.

—Buena idea —respondió Nick con alivio.

Carolina rio de buena gana, cocinar no era su fuerte, lo contrario de su madre quien había sido una maestra en la cocina. Sentados en poltronas mirando el paisaje de edificios frente a ellos ambos hermanos permanecieron callados. Nick se adormeció con la suave música que había puesto Carolina y se quedó dormido. Ella recibió la comida y dispuso la mesa. Una hora después escuchó el timbre.

—Ya llegaron —despertó a Nick y se encaminó a la puerta.

Más hermosa que nunca Margaret apareció en el umbral al lado de Theo. Un familiar perfume de maderas y jazmín llegó hasta Nick y un torrente de recuerdos inundó su mente. Se dirigió a la entrada y cuando la vio perdió el aliento. No le salían las palabras, solo los saludó dándoles la mano. A Margaret el corazón le dio un vuelco. No es posible... se dijo. Carolina y Theo ajenos a todo se saludaron efusivamente y empezaron a conversar. Theo reconoció a Nick y le dijo que lo admiraba. Él lo escuchaba como si su voz proviniera del otro lado del mundo. Miraba a Margaret y ella no podía apartar los ojos de él. Theo sintió íntimo orgullo de que Nick, tan conocido por sus mujeres hermosas admirara a Margaret, pero instintivamente puso su mano en la cintura de ella atrayéndola ligeramente, gesto que Nick advirtió y procuró disimular. Era el hombre de París, el que ella estuvo esperando, el que dormía con ella. Los celos mezclados con la indignación le impedían hablar. ¿Pero quién estuvo primero? ¿Acaso no era él quien había irrumpido en sus vidas? La locuacidad de Carolina le hizo un favor, pudo permanecer callado para serenarse mientras Margaret trataba de formar parte de la conversación sin entender bien de qué hablaban.

La cena transcurrió tranquila. Teniéndola frente a él Nick procuraba decir solo lo necesario, no tenía apetito. Margaret, en cambio, conversaba con naturalidad como si su presencia no lo afectase. De vez en cuando tenía gestos cariñosos con Theo que a este encantaron porque no eran habituales. Le hacía probar un bocadillo de su plato llevándole el tenedor a la boca, le tocaba el brazo, y Nick veía todo con el corazón encogido. Sentía náuseas, deseos de llorar.

Después del martirio de la cena pasaron al salón y él no pudo soportar más tiempo y tomó a Margaret del brazo.

—¿Me permites? —dijo, dirigiéndose a Theo—. Deseo mostrarle algo.

—Por supuesto —respondió Theo ajeno a todo.

La llevó a la pequeña terraza cerrada que daba a los otros edificios y sin esperar un segundo le dio un beso en la boca.

—¿Por qué te fuiste, Margaret? ¿Por qué?

—Lo nuestro no puede ser, Nick. Lo siento tanto...

Margaret tenía los ojos bajos. No se atrevía a mirarlo. Gruesas lágrimas corrían por sus mejillas. El contacto con Nick había hecho renacer todo lo que sentía por él.

—Sé que me amas, quédate conmigo, yo te quiero, te amo, Margaret. Necesito verte mañana, te lo suplico.

—Te llamaré mañana —dijo ella limpiándose las lágrimas—. Lo prometo.

Regresaron al salón y la reunión transcurrió sin contratiempos. Margaret tenía el don del disimulo, no parecía estar afectada y Nick pensó que tal vez nunca lo llamaría. Después de un par de horas que para él fueron un suplicio Theo dijo que debían retirarse, miró a Margaret y ella asintió. Salieron abrazados, y Nick pudo imaginárselos más tarde en la cama como si el tormento de verlos juntos no fuera suficiente.

—¿Qué sucede contigo, Nick? Parece que no te gustaron mis amigos —comentó Carolina, haciendo un mohín con la boca.

—No se trata de eso, Caro. Es ella. Margaret es la mujer de la que me enamoré.

Ella lo miró un buen rato mientras lo asimilaba.

—¿Estás seguro?

—Claro que estoy seguro, ¿cómo no estarlo?

—Perdona, sé que dije una tontería, es que todo esto me parece tan… es una locura, Nick.

—La conocí en París, hace casi un año… —le contó todo de una sola vez.

—Me parece insólito. Pero ella ya estaba con Theo, Nick. ¿Por qué te aceptó?

—Es lo que quiero saber. Dice que me llamará mañana, espero que sea cierto. Lo prometió.

—¿Sabes qué edad tiene?

—No me interesa, sé que es mayor que yo, pero no me importa en absoluto.

—Pues creo que te va a tener que interesar. Va a cumplir cincuenta y uno.

Nick guardó silencio unos segundos.

—No me importa. No será la primera vez que esté con una mujer mayor que yo.

Margaret en los brazos de Theo solo esperaba que terminase todo para pensar en Nick y en lo que haría al día siguiente. ¿Lo llamaría? Sería lo mejor. De todos modos él podría averiguar su teléfono y su paradero a través de Carolina, ¡quién lo diría! Su hermana. Miró a Theo durmiendo ajeno a todo cuanto sucedía a su alrededor. De manera involuntaria lo comparó con Nick, y comprendió que no lo amaba. ¿Qué tenía Nick para que su pecho se estrujara cada vez que pensaba en él? Lo llamaría, no podía dejarlo esperando. A las nueve del día siguiente, apenas Theo hubo salido lo llamó. Quedaron en verse en casa de Carolina.

Cuando Nick abrió la puerta y la vio quedó paralizado. Sin fuerzas para decir nada. Ella dio el primer paso.

—¿Me dejas entrar?

—Por supuesto, adelante. Carolina ya salió. —Cerró la puerta y la tomó por los hombros atrayéndola hacia él—. ¿Por qué te fuiste?

Su voz sonaba como un murmullo. Margaret dio vuelta y lo abrazó, se pegó a su cuerpo y buscó sus labios. Lo besó en la frente, en las mejillas, y también las lágrimas que rodaron por ellas. Nick soltó un gemido y ella lo llevó hacia el sofá y lo cobijó en su pecho como si fuera un niño. Estaba conmovida.

—Estoy aquí, Nick, estoy aquí.

Trataba de controlarse, sabía que tenía más dominio de sí que él, pero sucumbió a la emoción. Era más fuerte que ella.

—Prométeme que no te volverás a ir.

—Lo prometo. Pero antes debes saber la verdad, soy demasiado vieja para ti, lo que ves es solo apariencia.

—Eso lo sé. Sé qué edad tienes, y no me importa. No deseo escuchar más acerca de la diferencia de edades, ¿qué puede importar?

¿Me dirás que dentro de unos años ya no serás la misma? ¡Yo tampoco! ¿Y a quién importa? Mientras, podemos ser felices, no dejes escapar la vida, Margaret, si de todas maneras separados seríamos infelices prefiero ser feliz ahora que sufrir por el futuro.

Ella comprendía su razonamiento y trataba de convencerse de que tenía razón.

—¡Si tuviera veinte años menos, oh, Nick! ¡No sé qué hacer!

—Si tuvieras veinte años menos no serías como ahora y no me habría fijado en ti ese día en París. Te amo como eres ahora, ¿acaso no lo comprendes? No te arrepentirás y yo tampoco. No perdamos más el tiempo, Margaret, he tenido las mujeres que he querido, y no he sentido por nadie lo que siento por ti.

Ella no dijo nada. Sabía que si le decía que ella había tenido lo propio él no comprendería. Los hombres eran diferentes, posesivos. Sin embargo, se arriesgó.

—Y yo he tenido más hombres de los que tú podrías imaginar, Nick. Muchos, quizá demasiados.

—Eso forma parte del pasado. No me interesa —replicó él mirándola fijamente—. Me interesa el presente. Deja a Theo, no lo amas, lo sé.

—Pero él sí. No sé qué hacer, no deseo que sufra.

—Entonces tienes que escoger a quién prefieres dejar sufriendo, Margaret, no puedes jugar con los dos.

Él se puso de pie y fue a la ventana. Oteó a través de ella los edificios circundantes, las ráfagas de viento llevando el vapor que salía de las rejillas de la calzada. No era un espectáculo romántico ni evocador, era una vista vulgar que no valdría la pena recordar. Ella miraba su perfil de facciones perfectas, un joven rostro masculino que prometía una madurez de un atractivo pocas veces visto por ella. ¿Qué pasaría si él se cansaba de ella? Los hombres demasiado guapos eran un peligro. Pero se rindió ante la evidencia: lo amaba, y era la primera vez que le sucedía.

—Quiero llevarte a un lugar. Ven conmigo —dijo Nick.

Caminaron tomados de la mano por las frías calles de Nueva York hasta llegar a la Quinta avenida con la calle 57. Nick se detuvo delante de una tienda con un impresionante aviso en letras de metal, tan enorme como el nombre: Tifanny & Co. Entró y saludó con cierta familiaridad a una persona.

—Buenos días, señor Amicci, ¿desea ver algo en especial?

—Quisiera ver anillos.

El hombre se dirigió con parsimonia a un mostrador en donde a través del cristal se podían ver unas piezas de fina orfebrería.

—Estos son exquisitos —dijo, sacándolos y poniéndolos sobre el mostrador.

Nick eligió uno de un ancho de casi un centímetro. Toda la superficie del anillo estaba engastada en brillantes. Un diamante en la parte central sobresalía por su tamaño.

—Este —dijo.

—Son cincuenta y cuatro brillantes y un diamante redondo de cincuenta y ocho caras, absolutamente blanco. La talla es perfecta. Está certificado por el Gemological Institute of America.

—¿Te gusta? —Le preguntó Nick a Margaret y lo ensartó en su dedo anular.

—Es precioso.

—Déjatelo puesto, te queda justo, Margaret.

Nick canceló el anillo con una tarjeta de crédito.

—Le enviaré la factura y los documentos de certificación, señor Amicci —dijo el dependiente—. Le recomiendo asegurarlo.

Salieron subiéndose los cuellos de piel de sus abrigos; el viento arreciaba.

—Tomaremos un taxi.

—Gracias por este precioso regalo Nick, no debiste… debe costar una fortuna —dijo Margaret dentro del coche.

—Para ti eso y mucho más, mi amor. Deseo que cada vez que lo uses me recuerdes. Úsalo siempre. Quiero que vengas conmigo a Los Ángeles.

—No puedo, Nick, debo dejar algunas cosas arregladas, no puedo desaparecerme así de un momento a otro.

—Te espero en Los Ángeles, Margaret. ¿Irás?

—Iré. Lo prometo.

—Ya empiezo a extrañarte.

CAPÍTULO XVIII

—No comprendo, de veras no te entiendo, Margaret —dijo Theo. Dos arrugas cruzaban su frente mientras la miraba fijamente—. ¿Estás hablando en serio?

—Sí Theo. Es en serio. Lo conocí en París poco antes de que llegaras, y como te fuiste de manera tan intempestiva... bueno, nos hicimos amigos, pero lo del vídeo fue antes. Después fui a Los Ángeles y allá sucedió todo.

—Me vine de París porque tenía problemas con la clínica, tú lo sabías.

—Sí lo sé... pero no creo que eso tenga mucho ver, lo que te quiero decir es que estoy irremediablemente enamorada de él.

—Esto es inaudito. ¿Sabías que estaría en casa de Carolina? ¿Sabías que era su hermano?

—¡No!, me enteré ayer al igual que tú.

Theo, sentado en el sillón con el codo apoyado en el posa brazos, tenía una mano en la barbilla. Pensaba, trataba de digerir lo que Margaret le decía.

—Y pensar que todo este tiempo yo como un idiota creía que me querías.

—Te quiero, pero no como tú lo deseas.

—No me quieres, Margaret, lo que deseas de mí es un buen revolcón, porque así eres tú, solo te interesa el sexo. ¿Por qué si no, estarías conmigo? Tu acompañante mientras estás aquí, ese soy yo. Ya me dejaste una vez. Hazlo de nuevo si quieres, pero te arrepentirás, no por lo que yo haga, sino porque estás tomando una mala decisión al irte con ese imberbe.

—No es un imberbe, es maduro para su edad.

Él miró el anillo en su dedo. Los brillantes competían en brillo con el exquisito diamante.

—¿Es por eso? —dijo señalándolo.

—¿A qué te refieres?

—A eso. A la riqueza que él puede ofrecerte, a su fama...

—No sigas, Theo, nada de eso me interesa, me ofendes.

Él hizo un gesto con la mano restando importancia a lo que ella fuera a decirle.

—Deseo que salgas de mi vida, Margaret. No soporto verte un minuto más. Por favor, solo vete. Mujeres como tú hay a montones, no sé cómo pude fijarme en ti.

—Está bien, Theo. No quería que esto terminara así.

Él la vio marcharse y se encogió de hombros. Quemaría todo lo que fuera de ella. La odiaba. ¿Cómo quería ella que terminara aquello?, no iría a ser de ninguna manera con su bendición. Se odiaba por haber caído víctima de su atractivo, de su sexo o lo que fuera que lo volvía loco, tenía que reaccionar, y de la única manera que podía hacerlo era manteniéndola lejos. Pero los días que vendrían serían más difíciles de los que él en aquellos momentos de rabia podía suponer. Y a pesar de haberse hecho la promesa de no saber más de ella buscó a Carolina para no perder contacto con Margaret.

De regreso a su casa Margaret informó que se iría a vivir a Los Ángeles, estaba decidida y cuanto antes lo hiciera sería mejor. No quería arrepentirse. La empresa podía seguir sin ella, en realidad lo hacía sin que ella interviniera, las ganancias habían aumentado, los negocios iban muy bien, ¡qué diferencia con un par de años atrás cuando estaba en bancarrota! Pero Margaret en ningún momento se detuvo a pensar al detalle en los cambios que su vida había sufrido. Como estaba acostumbrada desde pequeña, todo le parecía natural. Hoy tenía mucho dinero, mañana quién sabe. La vida no siempre era tan perfecta y tan pareja, tenía esa experiencia, así que para ella en esos momentos todo era como debía ser.

Una vez de regreso se reunió con el señor Krauss. Le informó a grandes rasgos que se iría a vivir a Los Ángeles.

—¿Cuánto tiempo? —preguntó él.

—¿Acaso importa? —respondió ella como si él estuviese al tanto de lo de Nick—. Recapacitó y aclaró—: No lo sé con certeza, Krauss. Quisiera que fuese por el resto de mi vida, pero no lo sé.

—Me haré cargo, Margaret. Estamos teniendo una buena racha, te tendré informada de todo mensualmente.

—Confío en ti, Krauss, y deséame suerte.

—Lo que sea que vayas a hacer, deseo que salga bien, Margaret.

Krauss tenía la fuerte sospecha de que el amor tenía mucho que ver en su decisión. La conocía lo suficiente como para adivinarlo, pero siempre había sido un hombre discreto y para él era inadmisible preguntarle algo personal. Si ella no se lo confiaba suponía que tendría sus motivos. Por otro lado, conocer los secretos de otra persona involucraba cierta responsabilidad que él no estaba en posición de asumir. Se limitó a alzar la ceja derecha.

—Gracias, Krauss.

Y Margaret salió de la oficina decidida a ser feliz.

Ya tenía todo previsto, Manrico y Leonora se ocuparían de la casa como lo habían hecho hasta ese momento. Era su refugio. Al que volvería si algo salía mal. Después los llamaría para dejarles su dirección, de todos modos ellos podían ubicarla por el celular.

Nick no la llamó ni una sola vez ni le mandó mensajes durante los diez días que se tomó antes de viajar a Los Ángeles. No era una decisión premeditada pues estaba seguro de que si ella no volvía, cualquier llamada, ruego, recordatorio o mensaje, en nada cambiaría lo que ella haría. Se dedicó a esperar pacientemente a que fuera ella esta vez quien tomara la iniciativa. Si deseaba hablar con él sabía dónde encontrarlo, había comprendido que Margaret no era mujer a la que le gustaba que los hombres le rogasen por amor y no se equivocaba. Al no recibir alguna noticia de Nick, ella pensó que tal vez todo hubiera sido un juego, y la inseguridad que la idea le produjo fue tal, que lo llamó.

—¿Nick?

—Hola mi amor, ¿cómo va todo?

—Ya casi termino de arreglar un par de asuntos y pronto estaré contigo, Nick.

—Estaré esperándote, Margaret.

—Saldré el próximo martes para allá.

—Iré por ti, cariño.

—No es necesario, no deseo que se arme un tumulto en el aeropuerto, Nick, tomaré un taxi.

—Si eso te causa contratiempo mandaré a Jack.

No habían vuelto a hablar después de esa conversación. Nick había crecido ante sus ojos, sin él saberlo actuó como Margaret lo deseaba. Y es que si se trataba de deseos, en verdad lo deseaba. Su aroma de hombre joven, su fornida musculatura, sus manos fuertes con alguna que otra vena sobresaliente debidas al esfuerzo de las pesas que levantaban, como él en alguna ocasión le había comentado, hacía que lo desease. Sí, ¡con qué intensidad deseaba acariciarlo, utilizar en él toda su sabiduría acumulada a lo largo de los años que ejerció de prostituta y también sentirse amada, ver en sus ojos la admiración que le causaba su cuerpo, escuchar las palabras que en medio del ardor solía decirle, que podrían ser como las de cualquier otro, —y ella sabía bien que no se diferenciaban demasiado de las que decían los demás—, pero que en sus labios cobraban una intención diferente, personal, intransferible.

Margaret y sus siete valijas se instalaron en la casa de Nick en Beverly Hills, en donde los empleados la trataban como la señora de la casa. Su vida transcurría entre viajes, reuniones, compras y noches, muchas noches con Nick. No podía pedir más de la vida. Lo tenía todo. Todo lo que ella había deseado. Un hombre seductor que la colmaba de obsequios y la amaba de forma incondicional y que se mostraba cada día más enamorado de una mujer que al paso de los meses lucía más hermosa y más joven a sus ojos, algo que no pasaba inadvertido para Margaret, quien ingenuamente creía que era cierto lo que se decía, que el amor rejuvenecía, que el uso constante de su sensualidad debía estar cambiando algo en su organismo. Nick, por su lado, se sentía absolutamente hipnotizado por Margaret. Había dejado de ser el mujeriego de siempre pues con ella tenía todo lo que las mujeres podían darle. Admiraba su cuerpo de mujer con caderas redondeadas y cintura estrecha, un par de piernas hermosas como esculpidas con un cincel y una piel suave como los pétalos de las rosas que siempre le llevaba.

Cierto día Margaret vio una mancha en su braga. Era sangre. Fue a hacerse unos chequeos y el ginecólogo le ordenó efectuar unos estudios. Después de leer la ficha con su historial conversó con ella.

—Tiene una elevada cantidad de estrógenos, tal vez simplemente sea menstruación, hay casos en los que la menopausia se retarda un poco. Veo que no está tomando hormonas, y usted luce joven, creo que existe una confusión en su edad.

—No, doctor, tengo cincuenta y un años cumplidos. Voy para cincuenta y dos. Dejé de menstruar hace siete años.

El doctor la observó esta vez con más atención. Volvió a leer las analíticas.

—Tiene los niveles de estrógeno elevados, pero también los de testosterona. Se han dado casos en los que algunas mujeres menstrúan hasta avanzada edad, sobre todo si tienen una apariencia tan juvenil como la suya. Sus analíticas son absolutamente normales, no sufre de ningún mal, y en el eco no encontramos trazas de tumores o algo por el estilo. Le sugiero que acepte con tranquilidad la menstruación, aunque no es corriente que mujeres que hayan dejado de hacerlo empiecen otra vez, puede darse el caso.

—¿Qué significa el que tenga elevados los niveles de testosterona, doctor?

—Es probable que su libido sea alta. Me refiero a que tenga deseos sexuales por arriba de lo normal.

—¿En un sentido anormal?

—No necesariamente, como le digo, todo en sus estudios tiene niveles bastante normales, le aconsejo visitarme dentro de unos meses para efectuar otros estudios, primero debemos determinar si su menstruación es regular. No tiene de qué preocuparse.

El médico la miró tranquilizándola, aunque en su fuero interno estaba seriamente asombrado. Habría jurado que la mujer que tenía delante y que decía tener cincuenta y dos años estaba mintiendo. Era imposible que su apariencia fuese producto de cirugías, aunque tratándose de la ciudad en la que se encontraban todo era posible, había demasiada gente con muy buena vida que no tenía otra cosa en qué ocuparse que visitar médicos con enfermedades imaginarias.

—Tal vez podamos tener un hijo, amor —sugirió Nick—. Sería lo mejor que me sucedería en la vida.

¿Un hijo? Margaret amaba tanto a Nick que deseaba perpetuarlo en su descendencia. Claro que lo quería, y haría lo posible, ya que la vida le había dado la oportunidad de quedar embarazada. Pero pasaron los meses y pese a que la menstruación se volvió habitual, no sucedía.

Nick pasaba por su mejor etapa artística, ganó dos Grammy, y cada vez los fue a recibir en compañía de Margaret, quien para la prensa ya era habitual. Vivir con Nick la había situado en el centro de la atención. La gente deseaba conocer a la mujer que había hecho posible que de un mujeriego empedernido, Nick Amicci se hubiera transformado en un hombre fiel. El año que siguió fue de una felicidad que nada podía empañar, excepto por el hijo que no tenía trazas de llegar.

—Me gustaría trabajar contigo, Nick —dijo Margaret un buen día.

A él le pareció un gesto simpático y sonrió.

—¿Y en qué te ocuparías, cielo?

—¿Qué te parece si asisto a tus reuniones? Podría aprender algo.

—Tienes suficiente trabajo organizando la casa y las reuniones que allí hacemos, cielo, no deseo cargarte con más tareas.

—La casa la puede llevar muy bien nuestra ama de llaves. De hecho es ella quien lo hace. Deseo ser útil, Nick.

Como siempre que ella se proponía algo lo logró. Empezó a llevar la agenda de trabajo de Nick anotando de manera meticulosa todos sus compromisos: grabaciones, reuniones con productores, con la discográfica, escritores, músicos, viajes, presentaciones, entrevistas, sesiones de fotografías. No había una sola actividad que Margaret no supiera o no tuviera prevista. También se ocupaba de su correspondencia comercial. Organizó la página Web de Nick e hizo cambiar la política de publicidad que se ocupaba de su imagen, de manera que Nick se hizo más accesible y la gente adoraba todo aquello. Se ganó el respeto de todos por su eficiencia e hizo modificaciones en el personal relegado, sabía que un personal bien pagado y bien tratado era mucho mejor. Jack dejó de ser guardaespaldas para convertirse en jefe de seguridad. Parecía que donde Margaret ponía la mano todo funcionaba de maravilla. No obstante ella debía ausentarse cada cierto tiempo para internarse en el spa de Rafaela, pues creía firmemente que sin sus tratamientos la piel que Nick adoraba se marchitaría, y no existía algo que le causara más terror que envejecer. Aparte de eso su vida transcurría sin altibajos. Si la felicidad consistía en ese tipo de vida, podría decirse que Margaret la había hallado.

CAPÍTULO IXX

Fue en una de las conversaciones en las que Nick trataba de convencerla de que a él no le importaba que no tuvieran hijos en que se decidió el matrimonio. «Quiero demostrarte que para mí lo importante eres tú, Margaret, ¿quieres casarte conmigo?», le dijo. Y ella sin pensarlo dos veces aceptó.

En una ceremonia estrictamente privada en la que solo gente allegada fue invitada se llevó a cabo el casamiento. Ni siquiera contrataron a una agencia de banquetes. Todo se llevó a cabo en el salón y el brindis que siguió fue atendido por el personal de la casa. Carolina estuvo presente. Después de que Margaret conviviera con Nick había vuelto a sentir simpatía por ella, aunque siempre reservaba una especie de desconfianza por la apariencia juvenil de la mujer que sabía era mucho mayor que su hermano. Una desconfianza incrementada por las conversaciones con Theo, no porque él se sintiese despechado por el hecho de que ella lo hubiera abandonado, era porque a él le parecía su situación sumamente peculiar, casi un fenómeno de la naturaleza. Pero Carolina al ver feliz a su hermano restaba importancia a esos detalles.

—Estás preciosa, Carolina —le dijo Margaret al abrazarla.

—Gracias, Margaret, no más que tú.

—Creo que es el amor, el amor rejuvenece y embellece, ¿también estás enamorada? ¡Cuéntame!

—Si te lo digo no me vas a creer.

—¿Estás con Theo? —preguntó directamente.

—Sí.

—Me alegra tanto, Carolina, siempre pensé que ustedes se atraían, que estaban hechos el uno para el otro.

—Estamos saliendo desde hace unos cuantos meses —replicó Carolina un poco cortante, al tiempo que pensaba: ¿A quién trata de engañar?

—Créeme Carolina, les deseo lo mejor. Te lo digo con sinceridad.

—Lo sé, Margaret.

Carolina prefería no hablar demasiado de Theo. Le incomodaba hacerlo precisamente con ella. Había sido testigo de lo mal que lo había pasado él después de su ruptura. Sabía con certeza que no podría ocupar su lugar y eso la hacía sentirse en inferioridad de condiciones. En cierta forma envidiaba su atractivo, aquella aura que la rodeaba y que la hacía irresistible, tanto, que siendo ella mujer, no podía evitar admirarla y sentirse atraída por Margaret.

Sabía que lo que Theo sentía por ella no era un amor apasionado, arrasador como suponía había sentido (o quién sabe, seguiría sintiendo por Margaret). Era plácido, calmo, con ciertos arrebatos de pasión pero de ninguna manera como el que podría darle ella. Y lo supo a lo largo de las conversaciones que siguieron a su ruptura.

—Jamás conocí una mujer como Margaret.

—¿Por qué lo dices? ¿Qué tiene ella de especial?

—No lo sé. Tal vez sea sexo —había respondido él—. Hay algo en ella que despierta mis más profundos instintos animales. Lo sé, sé que soy un idiota al pensar así, pero ya que lo preguntas trato de encontrar una respuesta que me satisfaga. Ella hacía que me volviera loco, que no pudiera pensar en ninguna otra mujer.

—No comprendo, ¿una especie de hechizo?

—Más que eso. Margaret es una mujer que despierta los sentidos. A su lado respiro sexualidad, y ese es un instinto que los hombres no hemos aprendido a controlar. Me consta que solo ocurre con quien ella desea, por eso sé que me deseaba, pero solo eso. Yo ahora prefiero una mujer que no me vuelva loco. No es mentalmente saludable.

Al paso de los meses las conversaciones dejaron de girar en torno a ella y empezaron a darse cuenta de que tenían intereses comunes. Les gustaba el mismo tipo de música, el teatro, la lectura, sus conversaciones interminables eran interesantes y fue cuando Theo se preguntó: ¿qué sabía él de Margaret? Absolutamente nada. Jamás habían conversado de algo que valiera la pena. Ni siquiera sabía cuál era su color preferido o lo que más le gustaba comer. Siempre estaba preocupada por verse hermosa, y tonto de él, le encantaba esa preocupación porque pensaba que deseaba serlo para él. Entonces empezó a mirar a Carolina no como la tabla de salvación de su sufrimiento sino como una verdadera amiga, que también era bonita y, además, inteligente.

—¿Por qué no vino Theo? —preguntó Margaret.

Carolina se sobresaltó al escuchar su voz. Se hallaba inmersa en sus pensamientos.

—No pudo. Tú sabes el tipo de trabajo que tiene.

—Claro… sus pacientes —comentó Margaret sin querer ahondar más. Era obvio por qué no había ido.

Carolina recordó que cuando le dijo que estaba invitado a la boda él hizo un gesto de incredulidad. Movió la cabeza a un lado y al otro y contestó:

—No iré. Ve tú, que es tu hermano quien se casa.

—¿Aún te duele, ¿verdad?

—No lo sé, amor. Y no deseo saberlo.

La reunión duró un par de horas y después que se retiraran los últimos invitados Nick, Margaret y Carolina fueron a sentarse al jardín al lado de la cascada. Una caída de agua construida de manera artística. Cómodos muebles de jardín tapizados en blanco invitaban a sentarse y fue allí donde cenaron. Los gestos de cariño y las miradas que se cruzaban Nick y Margaret conmovieron a Carolina, le hicieron pensar que ella tenía derecho a enamorarse, y que había hecho bien en no seguir con Theo si no era el hombre al que amaba. ¿Entonces por qué en lugar de sentirse agradecida, su corazón no terminaba de aceptarla? No quiso reconocer que tal vez fuese envidia. La superioridad de Margaret le causaba una desazón a la que no sabía adjetivarla. No podía querer a una rival, y ella consideraba así a Margaret, pese a que no hiciera esfuerzo alguno para quitarle a su hombre. La observaba en silencio tratando de encontrar aquello que Theo tanto había deseado y con pesar tuvo que aceptar que Margaret era lo que los hombres suelen llamar: «una hembra».

La carrera de Nick se mantenía en la cúspide. Empezó a trabajar en la selección de las nuevas canciones que conformarían el nuevo álbum. Horas completas de concentración encerrado en el estudio, en las que cada nota, cada letra, cada sonido era graduado meticulosamente. Su éxito se debía al cuidado que ponía en las producciones. En esos días llegaba tarde a casa, Margaret se retiraba de la oficina y él seguía hasta que el cuerpo aguantase.

El cuento de hadas en el que Margaret vivía habría sido la envidia de cualquier mujer. Aun de las que estaban acostumbradas a tenerlo todo desde la cuna. Vivía en una hermosa mansión, tenía todo lo que deseaba incluyendo al hombre de sus sueños, y su apariencia era mejor de lo que ella hubiera imaginado después de las operaciones de hacía dos años. Su vida había dado un gran cambio, pensaba ella, en una de las noches en que paseaba por el jardín contemplando la cascada. ¿Desde cuándo? Se preguntó. Nunca se había hecho esa interrogante porque tenía temor a encontrarse con las respuestas. La noche en su pequeño apartamento en la que lloró como nunca lo había hecho vino a su mente esta vez sin que pudiera evitarlo. La había rehuido. Había tratado de evitarla como si esa noche significara para ella una vergüenza, una debilidad que no debió permitirse jamás. Así no era ella, no acostumbraba a arrepentirse de lo que había hecho ni a pensar en lo que no tenía remedio, y esa noche significaba una mácula en la que ella consideraba una vida de la que no tenía nada que reprocharse. Se sentó entre los mullidos cojines del sillón de mimbre con los ojos puestos en el agua que corría sin detenerse jamás, sin repetir la misma figura jamás, como era la misma vida, llena de momentos que nunca volvían. ¿Por qué aquella noche en su balcón se alojaría ese extraño sentimiento en su pecho que hizo que no pudiera dejar de llorar? Solo podía equiparar ese momento a lo que le provocó Nick cuando lo sintió inalcanzable. Pero ni eso. Fue diferente, eran dos sentimientos disímiles, como los momentos de la vida, los sentimientos jamás eran iguales porque no existía nada permanente, todo era cambiante, eso lo sabía mejor que nadie, como cuando su madre la dejaba en sitios diferentes cada vez, y ella se veía obligada a camuflarse entre los muebles de la nueva casa para pasar lo más inadvertida posible, porque cuanto menos la vieran estaría más a salvo. No sabía a salvo de qué, pero su instinto le dictaba que fuese como los camaleones.

Margaret sabía disfrazarse de acuerdo a las circunstancias. Ora era una gran señora, ora una campesina, veía el mundo como si fuese un teatro en el que todos eran personajes de una obra, y a veces ella era una actriz secundaria y otras veces la estrella y los demás advertían lo que Margaret dejaba ver. Unos la veían como una mujer sin escrúpulos, otros como una buena mujer, algunos como una malvada depredadora sexual y otros como la mujer de sus sueños.

A la luz de las farolas miró sus pies enfundados en finas sandalias doradas. Recordó sus días en un pequeño pueblo apartado en el que su madre la dejaba en ocasiones al cuidado de unas tías postizas. Ella correteaba descalza sobre los muros de barro seco que dividían los campos de algodón porque sus zapatos siempre le quedaban pequeños. Cuando debía ponérselos para ir a la escuela un papel de diario doblado le servía de protección para las suelas agujereadas y siempre tenía los pies encogidos y adoloridos aunque no le daba importancia porque se había acostumbrado, excepto cuando tenían que asistir a misa los domingos. Le daba vergüenza arrodillarse y que vieran las suelas. Siempre se negaba a ir a la iglesia y sus tías decían que estaba endemoniada, pero si ellas se hubiesen dado a la tarea de ver sus zapatos tal vez hubieran cambiado de opinión. Ella sabía que duraría poco tiempo allí, pronto llegaría su madre y la llevaría a vivir a otro lado. Había pedido un par de veces durante la misa para que Dios le concediera la gracia de tener un par de zapatos nuevos, pero él parecía prestar más atención a otros, así que dejó de creer en milagros, en rezos y en todo lo que tuviese que ver con peticiones inútiles.

Pero no todo fue malo, cada uno de esos momentos irrepetibles los gozó a su manera. Aprendió a cosechar manzanas, a limpiar el algodón de las semillas, a bañarse en la acequia y a disfrutar del olor a tierra mojada cuando después de muchos meses las nubes se dignaban soltar su frescor sobre aquellas tierras áridas y polvorientas. Así y todo eran siempre solo momentos que ella guardaría en su memoria y que sabía que no se repetirían. Vivió en muchos sitios, conoció a mucha gente, aprendió de cada una de ellas y, como si de una obra de teatro se tratase, se situaba en un rincón donde nadie pudiera percatarse de su existencia y observaba cómo vivían los demás.

Margaret había aprendido desde pequeña que todos pueden vivir en cualquier parte. La clave consistía en acostumbrarse y saber que nada era permanente. Cuando los mendigos se cruzaban en su camino no sentía por ellos sino una compasión pasajera. Sabía que estaban habituados a su forma de vida y la sentían natural, no sufrían por ello porque eran eso, y una propina era una dádiva que recibían con alegría mesurada, comparable a la que siente cualquier persona por un trabajo remunerado, como un limpiabotas, un banquero o una prostituta. Lo sabía mejor que nadie, porque así como había vivido en casas hermosas, también había pasado temporadas en verdaderos cuchitriles, lugares en donde las ratas correteaban libremente como si fueran mascotas y ella se había habituado como siempre lo hacía, transformándose en un camaleón hasta que viniera su madre al rescate y la llevara a otro lugar, así era siempre, y así fue cuando enfermó Edward, supo que esos años terminarían y en algún momento él se iría, porque nada ni nadie era eterno, y si ella ahora gozaba de riqueza y del amor de su vida, con seguridad también tendría un fin, por eso no se aferraba a Nick, ni a nadie, ni a nada de lo que la rodeaba. Tal vez era lo que se podía percibir a través de su mirada, insondable, indiferente o apasionada, porque los ojos son el reflejo no del alma, sino de quien mira en ellos.

Cuando Margaret llevó a Manrico y a Leonora a Beverly Hills no fue porque los extrañara, lo hizo porque eran unos empleados eficientes y conocían sus gustos, aunque el matrimonio creyese que lo hacía porque los quería. Era la clase de equivocaciones que la gente solía cometer y que ella no se preocupaba en aclarar, pero como sabía que todo es pasajero, encargó a Krauss que cada quince días la secretaria acompañase al personal de limpieza contratado para que supervisara que todo estuviera correcto en la casa que había dejado porque no estaba segura cuándo tendría que regresar.

Nick no había hecho arreglos legales de separación de bienes ni de ningún tipo de acuerdo matrimonial como ella le había sugerido, de manera que Margaret al ser la esposa de él contaba con una gran fortuna repartida en propiedades, acciones y negocios relacionados a la música, más el dinero que ella ya poseía de la herencia de Julio del Monte y de lo que generaba su empresa. No volvió a preocuparse por dinero, tenía suficiente y más, porque Nick le transfería a su cuenta todos los meses una cantidad que ella apenas tocaba porque no la necesitaba.

Cumplió cincuenta y tres años y seguía con la apariencia juvenil que él había conocido, sus rituales de belleza eran exactamente los mismos, sus baños de crema, las visitas a Rafaela eran infaltables porque Margaret creía firmemente que sin esos tratamientos se marchitaría. Nick contaba veintisiete y cada día se veía más guapo, como ocurre con los hombres que se acercan a la treintena, la cumbre de su masculinidad, dejan su apariencia de jóvenes para convertirse en hombres.

Había dejado de asistir a las fiestas que acostumbraba organizar Alex, su manager, con el equipo de grabación, en el que participaban chicas que, entusiasmadas con la idea de tratar con Nick estaban dispuestas a todo. Margaret lo sabía y no les daba importancia; sabía que Nick algunas veces debía pasar por casa de Alex pero creía en su marido, y tenía razón, él había dejado las aventuras antes de que se casaran. Una de esas noches de intenso trabajo en el estudio de grabación, fue con Alex porque necesitaba relajarse y quería tomar un trago. Se sorprendió al ver que había gente y un ambiente animado.

—No habías dicho que tenías fiesta —le dijo a Alex.

—No lo recordaba.

—Solo tomaré un trago y me iré, no estoy de humor para nada más.

—Descuida, ya sabes que las chicas tienen prohibido abordarte.

Un rumor recorrió el salón al ver a Nick y en efecto, nadie se le acercó. Estaban advertidas. Alex desapareció al rato y reapareció con una rubia de unos veintitantos, muy atractiva. Se la presentó y él la saludo distraído. Ella se le acercó, le dio un beso en la mejilla, tomó su mano, la puso en su cintura y empezó a bailar con él. La chica se pegó a su cuerpo con descaro y Nick se dejó llevar. Las copas que había bebido y los movimientos de ella despertaron sus deseos y fueron a parar a una de las habitaciones. Con un rápido movimiento ella se quitó el pequeño vestido y quedó desnuda. Se le acercó y le bajó el zíper del pantalón. Nick tuvo un orgasmo violento y rápido. De inmediato se separó de ella, subió el cierre de su pantalón y salió dejándola sola.

—Dejé a tu regalito en el cuarto. Nos vemos mañana —le dijo a Alex y se fue.

Al llegar a casa se dio una larga ducha antes de meterse en la cama. Margaret dormía y él tenía un sentimiento de culpa del que no podía desprenderse. Era la primera vez que le había sido infiel. La contempló y hundió su rostro en su cabello aspirando su aroma para borrar los malos recuerdos. Temprano en la mañana la despertó con un beso y le hizo el amor. Ella notó que estaba demasiado cariñoso.

—Amor, ¿sucedió algo?

—¿Cómo qué? —pregunto él con una mirada inocente.

—Tú sabrás —replicó ella.

Nick supo que no podía engañarla. Le contó cómo había sido todo. Margaret lo escuchaba pensativa.

—Está bien, amor, no hablemos más del asunto. Lo comprendo.

—Perdóname, no volverá a ocurrir. Fui forzado, no tuve relaciones con ella.

—Te dije que lo entendía. No es importante.

Y en realidad ella comprendía que los hombres podían ser forzados. Lo sabía mejor que nadie. Le divertía descubrir que para Nick el sexo oral no era tener relaciones, ¿qué era, entonces? Sexo es sexo.

Nick llegó a los estudios y Alex lo recibió con una amplia sonrisa.

—¿Qué tal estuvo? Gloria no está nada mal, ¿cierto?

—Jugaste sucio, Alex, lo tenías planeado.

—Me revienta que solo tengas ojos para Margaret, estás perdiendo tu vida, Nick.

—Ya tuve suficiente, me basta Margaret.

—Un buen polvo nunca viene mal —arguyó Alex con un gesto.

—No comprendes, hermano, ninguna de tus Glorias puede compararse a lo que siento con ella. Y no quiero problemas. Margaret ya lo sabe, se lo conté.

Margaret siempre salía de casa después de Nick. Se preparó para ir a las oficinas pensando en lo que tenía pendiente: citas, correspondencia y una reunión. Se recogió el cabello y se vistió de negro con unos pantalones ajustados y un ligero suéter pegado al cuerpo. Deseaba verse bien, que Nick la comparase con la mujer de la noche anterior y supiera que ella era mejor. Al menos eso deseaba. ¿Se puede obligar a amar? Su manera de pensar decía que no.

Saludó a Alex como siempre, con un beso en la mejilla. Notó que él rehuía su mirada. Ella caminó con su andar cadencioso por el largo pasillo hasta entrar en su oficina mientras él la seguía con los ojos. Podría jurar que coqueteaba con él aunque no sabría definirlo. No había hecho nada fuera de lo habitual, sin embargo así le parecía y era la primera vez que sucedía. Siempre había conservado un trato cercano, amistoso pero nada más. Convino con Nick en que no parecía una mujer mayor, al menos no tanto como para ser su mujer, como en un principio él había dicho, y si era tan buena en la cama como decía, le hizo sentir envidia.

La noticia de que Margaret iría a Miami esa tarde le cayó de sorpresa a Nick.

—No tiene que ver con lo de anoche, ya lo tenía planeado —aclaró ella.

—Pero no me lo habías dicho.

—Hay muchas cosas que no te digo. Estaré pocos días, llámame cuando puedas.

—Si pudiera iría contigo, pero estoy tan ocupado...

—Te aburrirías, Nick, estaré en el spa, dormiré allí, apenas ocuparé el apartamento.

—¿Seguro que no es por lo de anoche?

—Seguro —dijo ella dándole un beso en la boca.

En realidad Margaret aprovecharía el viaje para poner en orden sus ideas. Era la primera infidelidad de Nick y sabía que no sería la última, si él necesitaba espacio para hacerlo otra vez, se lo daría, pero no estando ella presente. Que probase y notase la diferencia. Tal vez ella saldría perdiendo, pero era mejor eso a caminar en la cuerda floja. Se dio cuenta de que huía de la confrontación, prefería estar a muchas millas de distancia. Pasó por Nueva York, hizo una corta visita a Carolina y siguió viaje hacia La Florida.

El apartamento que Nick tenía en Miami era como todo lo suyo, espectacular. Hermosa vista al mar y una decoración exquisita. Al entrar lo primero que vio fue un ramo de rosas rojas. Nick se había adelantado y las había hecho llegar. ¡Ah... Nick! ¡Qué poco conoces a las mujeres!, unas flores no harán que te quiera más. Es tu conciencia la que las envía, dijo para sí. La dominicana que estaba a cargo de la casa salió a recibirla, una mujer de mediana edad (como ella), trabajaba por horas cuando sabía que vendría. Rafaela le daba las llaves.

—El señor Nick le envió sus rosas —dijo mostrando sus dientes blancos que hacían contraste con su tez tostada—. Nunca se olvida.

—Y están preciosas, como siempre, Rosario.

—Preparé el almuerzo, comida criolla como a usted le gusta. Asado con papas y ensalada, ¿le sirvo ahora? Ya es más de mediodía.

—Sí, por favor. Me muero de hambre.

Rosario dispuso la mesa para dos en la cocina, donde Margaret prefería comer cuando no estaba Nick.

—¿Qué edad tienes, Rosario?

—Cuarenta y nueve. Ya estoy vieja.

—Yo diría que estás en la mejor edad.

—Eso lo dice usted porque es joven. Cuando llegue a mi edad verá que no piensa así.

Margaret no pudo evitar una ligera sonrisa. Rosario parecía mayor de cuarenta y nueve, y de hecho tal vez lo fuera, pero tenía el instinto femenino de bajarse la edad. ¿Se vería ella así sin las operaciones y los tratamientos? La idea la horrorizó.

—Mañana iré a lo de Rafaela. Estaré cinco días en el spa. No es necesario que vengas todos los días, Rosario.

Los días con Rafaela pasaron lentos y plácidos en el bucólico ambiente recreado para causar ese efecto. Y una vez más Margaret sentía que cada una de sus células rejuvenecían, al menos era lo que ella pensaba. Le hicieron los tratamientos acostumbrados y al sexto día le dijo a Rosario que se fuera temprano porque cenaría fuera. Rafaela la había invitado. Estaban en medio de una animada conversación después de la cena cuando se presentó Theo. Margaret buscó con la mirada a Carolina pero estaba solo.

—Hola Theo, qué grata sorpresa —saludó Margaret.

—Hola, la sorpresa es mía, pero me encanta —respondió él.

Rafaela no sabía qué actitud tomar. Se preguntó cómo se enteraría de que Margaret estaba allí, porque era indudable que había ido por ella.

—Vine a resolver unos problemas de negocios y aproveché para pasar y hablar contigo Rafaela, tengo unos pacientes que me gustaría que tratases. Me voy esta misma noche.

—Disculpa unos momentos, Margaret —pidió Rafaela y fue con Theo a una estancia que hacía de pequeña oficina.

—¿Qué te trae por aquí?

—La verdad, vine por ella —contestó él.

—¿Estás loco? Ella no quiere nada contigo.

—¿Te lo dijo?

—No. No hemos hablado de ti, pero estás cometiendo una locura, es una mujer casada y ama a su marido.

—Eso lo veremos —dijo él con sarcasmo—. En realidad solo quiero conversar con ella. A solas.

—Eso lo tendrá que decidir ella.

—No te preocupes, yo me las arreglo.

Regresaron al salón y poco después Margaret se despidió.

—¿Me permites llevarte?

—Puedo llamar un taxi, no te preocupes.

—Insisto. No es ninguna molestia, Margaret.

Para no iniciar una discusión estéril, ella aceptó. Cuatrocientos metros después él se detuvo y apagó el motor. Sin decir una palabra se acercó a Margaret y la besó en los labios como si quisiera a través de ellos traspasarle todo lo que llevaba dentro. Ella no supo si aceptaba el beso porque sentía la necesidad que Theo. Correspondió con pasión, tenía deseos de él, era más fuerte que ella, él despertaba sus instintos aunque sabía que después no quedaría nada más de él, ni siquiera un buen recuerdo.

—Llévame a casa —le susurró al oído.

—No.

—Subirás conmigo.

Eso bastó para que Theo encendiera el coche. Estaban relativamente cerca, bastó unas cuantas indicaciones para que aparcaran en el sótano del lujoso edificio y subieran por el ascensor que daba directamente al apartamento.

Antes de llegar al dormitorio estaban ya desnudos, tropezaron con la mesilla y el teléfono cayó descolgándose sin que ninguno de los dos hiciera ademán por recogerlo. Theo contempló una vez más el cuerpo de Margaret. Sus colinas y sus valles, todas líneas suaves de mujer. Era imposible no desearla, sus pechos majestuosos más turgentes que nunca pedían a gritos sus caricias, y sus ojos, aquellos ojos rasgados de mirada apasionada que más que mirar hablaban, lo hundieron como lo haría una laguna negra en la que se sumergió como en un sueño de sensaciones del que no deseaba escapar. Fue una noche en la que no hubo resquicio que sus labios no probaran, el sabor de Margaret, su olor, su manera de hacer el amor eran otra vez suyos y no le importaba si jamás volvía a penetrar su sexo, uno que poseía la capacidad de hacerle sentir orgasmos agónicos cada vez que estrujaba su órgano como si quisiera exprimir la última gota de vida. Si después moría no importaba.

¿Por qué Margaret le regaló esa noche extraordinaria? Nunca pudo saberlo. Quizá entrevió el futuro y bruja como era, o al menos eso creía él, quiso regalarle su último deseo porque sabía que después ese cuerpo, esa mujer que él adoraba seguiría perteneciendo a otro. Días después Theo fue encontrado muerto por Carolina en su apartamento de Manhattan.

CAPÍTULO XX

A Nick le extrañó que Margaret no respondiera el teléfono. Estuvo llamándola a la casa y el teléfono daba ocupado y del celular no obtenía respuesta. Presentía que ella no deseaba hablar con él por lo de la tal Gloria. Tal vez hubiera sido mejor no haberle contado nada, se recriminó. Las mujeres eran demasiado complicadas, y ella en especial nunca sabía cómo iba a reaccionar, parecía ser muy sensata, comprensiva, pero era mujer al fin, y como tal, tan celosa y vengativa como todas. ¿Qué estaría haciendo? Tampoco obtuvo respuesta durante el día de Rosario, la asistenta. Se suponía que debía estar allá mientras Margaret permaneciera en Miami. Gradualmente un sentimiento de inseguridad se fue apoderando de él, ¿sería capaz ella de engañarlo en represalia por lo de Gloria? No. Imposible. Aunque nunca lo sabría con exactitud.

Los celos empezaron a colarse lentamente en su talante. Imaginarla en brazos de otro se le hacía insoportable. Llamó una vez más y no obtuvo respuesta; miró la hora: en Miami era medianoche, ¿dónde estaría? Y si estaba en casa, ¿por qué el teléfono sonaba ocupado?

El celular de Margaret había quedado dentro de su bolso tirado en medio del salón. Ella no podía escucharlo porque su dormitorio estaba en el otro extremo del piso y porque se encontraba absolutamente entregada a Theo.

—Margaret, te amo —decía Theo en sus labios.

—Me deseas, solo eso.

—No. Y no me importa que tú no me quieras. Solo regálame esta noche y nada más. Solo esta noche, me la debes.

Y fue lo que hizo ella. Sentía íntima satisfacción de saberse tan deseada, al mismo tiempo le divertía vengarse de Nick, ¿y con quién mejor que con Theo? Al fin y al cabo él estuvo antes, en tal caso no era un engaño, era un simple reencuentro entre amantes. La mentalidad de Margaret era simple, de esa manera todo quedaría en paz de manera saludable, reconocía que Theo era un buen amante, lo que hacía todo más agradable. No prestaba atención a su necesidad de saberse amado o al amor que él le profesaba, pensaba que como todo en la vida era pasajero, con el tiempo esa noche solo sería un recuerdo intrascendente, un hombre joven y atractivo como él podía encontrar una mujer de quién enamorarse si Carolina no era la mujer de su vida. Ellos tenían la juventud real que a ella le faltaba.

La mirada de Theo al despedirse de ella le produjo una ligera inquietud. Tenía los ojos enrojecidos.

—Adiós, Margaret. Gracias. Deseo que seas feliz.

Minutos después fue al salón a poner orden, desnuda como estaba. Colgó el teléfono y lo puso sobre la mesita. Recogió su ropa y regresó a su dormitorio, en ese momento el teléfono repicó.

—¿Margaret?

—Hola, Nick —respondió ella con voz ronca.

—¿Te he despertado?

—Sí, mi amor.

—¿Estuve llamando anoche y el teléfono sonaba como si estuviese descolgado.

—Estaba descolgado lo dejé así para poder dormir, tomé unas pastillas.

—¿Pastillas?

—Quería dormir porque últimamente tengo insomnio.

Nick se sintió culpable.

—Lo siento, yo...

—No te preocupes, amor, no es tu culpa. Bajé el volumen del celular, así que si me llamaste por ahí fue inútil.

—Sigue descansando, no sabía que... te llamaré después, duerme, cielo.

Ella sonrió para sí, se despidió y colgó. Necesitaba dormir, y lo haría hasta el mediodía cuando menos. Estaba exhausta.

Jamás volvería a dudar de Margaret, era una santa. Estaba seguro de que él le había provocado la inquietud que no la dejaba dormir. Lo amaba, era una realidad y esa certeza lo hizo sentir afortunado, volvió a la cama, era demasiado temprano aún.

Unos días después de regresar a Los Ángeles Carolina llamó para informar que Theo había fallecido.

—¿Fue un accidente? —preguntó Margaret.

—No... lo encontré muerto en su apartamento. Fue un suicidio, eso es lo que parece por la nota que dejó.

Margaret guardó silencio. Tuvo un mal presentimiento. Carolina continuó:

—Decía: «El único responsable de mi muerte soy yo». ¿Cómo podría yo sospechar de que él estaba mal? Jamás me pareció que sufriera de depresión, excepto cuando empezamos a frecuentar, y tú sabes por qué. Últimamente se mostraba muy animado, nuestra relación iba muy bien... al menos eso creía. —Carolina soltó un sollozo. Margaret escuchaba su respiración entrecortada.

—Cálmate, Carolina, nunca llegamos a conocer a fondo a las personas, es probable que él fuese un hombre depresivo y no lo supiéramos.

—Todo iba tan bien... de pronto desapareció, en la clínica dijeron que no había ido, pensé que en cualquier momento se comunicaría conmigo como todos los días pero ese día no me llamó y no contestaba en su casa. Dejé pasar un par de días y fui a verlo. Lo encontré muerto. Dijeron que al menos hacía cuarenta y ocho horas que había fallecido.

—Créeme que lo siento tanto, Carolina, no sé qué decir. Si me necesitas iré a verte hoy mismo.

—Me quiero morir, Margaret. No sé por qué tengo tan mala suerte. Yo lo amaba.

—Iré para allá, salgo ahora mismo, hablaré con Nick.

—Gracias, Margaret.

En vísperas de su gira, era la noticia que menos esperaba Nick. No le había sido simpático en vida, pero al enterarse de su muerte no pudo dejar de sentir remordimiento por las veces que había deseado que dejara de existir. Un suicidio. Le pareció una situación extraña y por un momento algún pensamiento, una conexión cruzó por su mente, pero así como vino se fue. Margaret no podría acompañarlo en la gira, iría a consolar a su hermana, y en buena cuenta ya lo habían decidido, a ella no le gustaba ser el centro de atención de la gente.

—Lo siento, Margaret, sé que ustedes fueron algo más que amigos. Me preocupa Carolina.

—A mí también, Nick. Debo estar a su lado.

—Te lo agradezco, amor. Hablé con ella, no podré verla.

—Estaré allá el tiempo que sea necesario, ve a tu gira tranquilo, cariño.

Carolina no quería aceptar la muerte de Theo y menos de esa manera. Le parecía una decisión absurda; él le había dicho varias veces que había olvidado a Margaret, pero era evidente que no había sido así, porque ¿qué otro motivo podría tener para suicidarse? Descartó que tuviera alguna enfermedad incurable, en todo caso se lo hubiera dicho, no tendría por qué haber ocultado algo tan grave. No tuvo fuerzas para hacer los preparativos para su funeral. De ellos se ocupó la secretaria y en la clínica la consternación era general. Acababan de perder a uno de sus socios más importantes.

—Después de que se fue a Miami no lo volví a ver —comentó la secretaria—. Hice la reservación el mismo día que viajó, parecía tener prisa.

—¿Theo estuvo en Miami? —preguntó Carolina.

—Supongo que sí. A menos que se haya desanimado, no haya viajado y haya decidido suicidarse dos días después.

—¿Estás segura?

—¿De qué? —preguntó la secretaria, una mujer de mediana edad que hablaba con voz gruesa y calmada.

—De que viajó a Miami.

—Mire, Carolina, yo solo reservé el vuelo. Si viajó no lo puedo asegurar. Después de todo esto… ya no sé qué pensar. El doctor Kaufmann era tan agradable, lo echaremos mucho en falta, es más, hay rumores de que la clínica tendrá que cerrar —dijo la mujer. Sacón un *Klenex* de su bolso y se lo llevó a los ojos.

—¿Hay manera de averiguar si llegó a viajar?

—Supongo que preguntando a la aerolínea, aunque ellas no dan información con facilidad.

Carolina fue a casa de Theo. Entró con su llave y buscó la ropa que traía puesta el día que lo encontró muerto. Recordaba bien que usaba un pantalón beige, el que solía llevar con una chaqueta marrón de cuero. El corazón le latía con fuerza, si sus sospechas eran ciertas ya sabía quién era responsable de su muerte. Regresó al vestíbulo y vio la chaqueta, colgaba lánguida como esperando ser encontrada. Rebuscó en los bolsillos y encontró una tarjeta de embarque. El móvil le causó un sobresalto.

—¿Carolina?

—Sí, Margaret, estoy en casa de Theo.

—¿Qué haces allí? Creo que deberías salir, solo te harás más daño estar allí.

—Me gustaría que vinieras.

—Creo que es mejor que nos veamos en tu casa, Carolina.

—No. Es un favor que te pido, Margaret. Ven, sabes dónde queda.

Margaret no podía negarse, tendría que ir porque temía que Carolina cometiese alguna tontería y se sentía responsable, Nick le había encomendado a su hermana.

Veinte minutos más tarde tocaba el timbre. Carolina abrió y la miró fijamente. Sus ojos proyectaban una dureza que Margaret nunca le había visto.

—Theo se mató después de estar contigo en Miami, Margaret. ¿Por qué? ¿No te bastó con hacerlo infeliz una vez y tuviste que decirle que se reuniera contigo allá, a espaldas de mi hermano?

—No, Carolina. Las cosas no sucedieron así.

Margaret daba por hecho que ella sabía que habían estado juntos.

—¿Cómo sucedieron?

—Yo no lo busqué, Carolina, él se presentó en Miami de improviso. Es más, yo estaba con Rafaela cuando él llegó y nos sorprendió.

Carolina recordó con nitidez que había mencionado la llegada de Margaret a Nueva York, porque iba camino a Miami. Lógicamente él sabía dónde encontrarla.

—Tú sabías que Theo te seguía amando, ¿por qué permitiste que estuviera contigo? —aventuró Carolina.

—No sé qué te habrá dicho Theo, pero él sabía que lo nuestro jamás podría ser. Sí, nos vimos, estuvimos juntos, pero quedó claro que sería la última vez.

—Te acostaste con él, Margaret, no te importó Nick, ni el daño que le podías hacer a Theo, eres la persona más egoísta que conozco, ¿por qué? ¿Por qué lo hiciste?

—¡No lo sé! —exclamó Margaret—. ¡Te juro que no lo sé, por favor, no se lo digas a Nick, te digo la verdad cuando le dije a Theo que sería la última vez, lo juro! Por lo que más quieras, no se lo digas.

—¿Por qué tendría que guardar ese sucio secreto? Eres una mujerzuela, siempre lo supuse, no sé de dónde saliste, ni quién eres, Margaret, pero no me engañas, eres mala. No quieres a nadie, Nick es solo un capricho para ti, estás acostumbrada a que los hombres te rindan pleitesía —dijo Carolina con desprecio—. Te odio.

—No, Carolina, no es así, yo no quería hacerte daño, yo quería que ustedes fueran felices, créeme, yo no soy como dices, no... —Margaret tenía la mirada fija en el suelo. No se atrevía a mirar a Carolina a los ojos porque en buena cuenta sabía que tenía razón.

—¿Qué haces con los hombres? ¿Qué le has hecho a mi hermano? Tengo miedo que corra la misma suerte que Theo.

—Yo amo a Nick, lo amo como jamás amé a nadie en la vida.

—Pero eso no te detuvo para acostarte con otro, ¿verdad? ¿Qué clase de mujer eres?

—Soy como cualquier otra. Ni santa ni pecadora, Carolina. Ojalá algún día lo comprendas.

—Eres una bruja, no eres normal, una mujer de tu edad no puede tener tu apariencia ni hacer que los hombres se rindan a tus pies. Me das miedo. Lárgate, no quiero volver a verte en lo que me resta de vida.

—Está bien. Me iré. Ya veo que quisiste que viniera solo para descargar tu odio, un odio del que yo no tengo culpa porque no soy culpable de que Theo no te haya querido, ¿y sabes qué? Me alegra de que haya sido así. No lo merecías. Prefiero que haya muerto antes de que se haya quedado contigo, una mujer que destila envidia y malos sentimientos. ¿Y qué si se mató por mí? Pero te lo digo para que te enteres: Esa última noche hizo el amor conmigo, y el placer que sintió jamás podrías habérselo dado tú. Me hizo lo que jamás te haría, porque él me amaba a mí. ¿Comprendes? Solo a mí. Me lo dijo muchas veces, muchas. Puedes contarle a Nick si deseas hacerlo infeliz. El daño no me lo harás a mí.

Cada palabra se clavaba en el pecho de Carolina como si fuesen dardos con alguna sustancia que causaba un dolor ardiente. Le parecía que ya no quedaba más espacio para otro, pero sí hubo para el último que lanzó Margaret.

—Me das una lástima infinita. Eres una pobre mujercita. Eres tan solo una niña mimada.

Salió y la dejó sola en medio del salón. Carolina lloró como una niña derrumbándose en el sofá porque las piernas no soportaban mantenerla de pie. Sí, ella era una pobre mujercita digna de lástima. Siempre había envidiado a Margaret, y la odió porque su hermano se fijó en ella pudiendo estar con cualquier otra mejor y porque Theo le había dicho que la amaba muchas, muchas veces. La rabia y la impotencia salieron transformadas en lágrimas de odio.

Margaret fue directamente al aeropuerto, no tenía nada más que hacer en Manhattan, y si Carolina le contaba a Nick lo que había sucedido, simplemente tendría que admitirlo. Estaba dispuesta a todo. Sintió odio por las mujeres como Carolina, a las que la vida les había dado una madre, un padre, una familia. Se creían con derecho a todo, a juzgarla a ella, Margaret, como si ellos estuvieran libres de toda culpa.

CAPÍTULO XXI

Nick partió con la tropa; como llamaba a su equipo, ansioso y con el nerviosismo que siempre lo acompañaba en cada presentación. Aunque cada una de ellas era cuidadosamente planeada, siempre podrían suceder imprevistos, como de hecho ya había sucedido. Su gira abarcaba todos los países de Sudamérica, después irían a Centro América y por último a Norteamérica empezando por México donde era un ídolo. Duraría al menos cuatro meses durante los cuales tendría algunos días de descanso. Maratónico y agotador, era un ritmo de trabajo que él se había impuesto. En un mundo tan competitivo como el suyo no podía darse el lujo de dormirse en sus laureles, cada día una revelación saltaba a la palestra y nunca se sabía si sería el próximo descubrimiento tras el que irían miles de fanáticos. Por las noches se daba tiempo de hablar con Margaret, quien seguía paso a paso sus presentaciones y lo comentarios de la crítica, también de todos los detalles y trataba, junto al personal de la oficina los problemas que iban surgiendo. Uno de los puntos en donde Nick daría varios conciertos era Perú. Tres funciones a teatro lleno y después se tomó unos días de descanso en una casa rentada especialmente para él en Las Casuarinas.

Recostado en uno de los extensibles situados en el área de la piscina pensaba en Margaret. No la había podido convencer de pasar unos días con él porque parecía tener un temor visceral a enfrentarse no solo a los paparazzi, sino a las posibles «conquistas» que él pudiera hacer. Admiraba su talante, si era celosa no lo demostraba, pero juraría que no le perdonaría si cayera en la tentación. Aunque nunca había querido preguntar acerca de su vida antes de conocerse, de vez en cuando le entraba cierta curiosidad. ¿Dónde habría aprendido a hacer el amor de esa manera?

Hacía muchos años, cuando era un adolescente de quince años, él había dado un concierto por primera vez en Lima. En aquella época su padre aún vivía y lo acompañaba en sus giras. Jack ya era su guardaespaldas, y en algún momento le había expresado que deseaba tener una experiencia amorosa. No había tenido de oportunidad de salir con chicas porque su vida no era como la de otros chicos, no asistía a la escuela, y no tenía oportunidad de conocerlas de manera normal como cualquier chico de su edad. Siempre eran admiradoras que gritaban enardecidas cuando estaba sobre el escenario y apenas tenía tiempo de fijarse en ellas. En los círculos de la farándula limeña se escuchaba hablar de un tal Horacio, y Jack lo llamó. Cinthia Marlow fue llevada al hotel donde Nick se hospedaba; ella con treinta y ocho años para esa época todavía lucía como una mujer muy atractiva, y Margaret hacía años se había casado y vivía en otro país. Para Nick fue el descubrimiento de su sexualidad. Con la experiencia que la caracterizaba la thailandesa lo introdujo en un mundo desconocido para él. Lo visitó varios días seguidos y él se sintió enamorado de ella. Quedó grabada en su memoria y algunas veces al ver a Margaret recordaba a Cinthia, por sus facciones y también por su manera de hacer el amor. Fue una amistad que duró muchos años, y siempre que pasaba por Lima, Jack se encargaba de buscarla.

Cinthia acudió a Las Casuarinas. Ella se había retirado, y Nick no deseaba sino un buen rato de compañía con una vieja amiga. Tomaban *Pisco Sour* cuando ella le preguntó por su esposa, se había enterado por la prensa de que era Margaret.

—Así que te pescaron —dijo ella con picardía.

—Sí. Y me siento feliz, Cinthia. No podrás creerlo, pero acabaron mis correrías.

—Si tú lo dices…

—Margaret es una mujer muy especial, ¿me creerías si te digo que me hace recordar a ti?

—¿Cómo así?

—Hay algo en ella, un aire…

La he visto en fotos y te doy la razón, todas las que tenemos facciones asiáticas nos parecemos, es verdad.

—No es solo eso. Es algo más, es su manera de…

—¿Hacer el amor? —terminó de decir ella al ver que él titubeaba.

—Exactamente.

—Tal vez todas las que tenemos rasgos asiáticos nos parezcamos también en eso —dijo Cinthia riendo.

Él la miró con seriedad.

—¿Tú crees?

—¡No! ¡Era una broma!

—Es insuperable, Cinthia. Todo lo que un hombre soñaría.

—Hay mujeres con suerte —dijo Cinthia esta vez con seriedad—. Parece que ella es una de ellas.

Tomó lo que quedaba en el pequeño vaso y se sirvió más.

—Es peruana —acotó Nick.

—¿Ah, sí? —ya me lo parecía, aunque por aquí hay muchas que tienen sus mismos rasgos. Perú es un país con mucha mezcla japonesa.

Cinthia recordó a Margaret. La había extrañado tanto… No comprendía el motivo por el que jamás la llamó. Era una ingrata. Se alzó de hombros y siguió bebiendo.

—Así que te retiraste, pero sigues siendo hermosa, Cinthia.

—Eres muy educado, pero te voy a creer, Nick. Deseo que conozcas a mi hija —dijo ella de improviso.

—Yo no creo que…

—No, Nick, ella no pertenece a mi mundo. Quise alejarla de todo esto, estudió internada en colegios y ahora es una gran artista, sus cuadros son bien cotizados en las galerías de arte, mi niña es todo lo que yo no pude ser.

—Debes estar muy orgullosa de ella.

—Lo estoy. Me gustaría que te dejases retratar por ella, ha

pintado a gente de la realeza, la contratan las personas más icónicas de hoy día.

—Cinthia, la verdad yo no… —De pronto se detuvo.

Quién sabe si debía aceptar, pensó. Tal vez Cinthia querría hacer un favor a su hija, tal vez no era verdad que era famosa y deseara retratar a alguien que sí lo era para adquirir renombre. Cinthia había dejado de sonreír. Su rostro adquiría una dureza inusual cuando estaba seria, las comisuras de sus labios caían y le daba un aspecto más avejentado.

—Está bien, dile que venga, pero solo estaré aquí tres días más.

A Cinthia se le volvió a iluminar la cara. Su rostro cambiaba enormemente con una simple sonrisa.

—No te arrepentirás, Nick —dijo sin poder ocultar su satisfacción— Le diré que venga mañana temprano.

—No tan temprano, por favor —dijo Nick riendo.

Más tarde, conversando con Jack, salió a relucir ella en la conversación.

—No me parece muy buena idea que conozcas a su hija.

—Le prometí a Cinthia que lo haría.

—No creo que pueda pintarte en tres días, pero se me ocurre que sí podría pintar a Margaret. Le darías un gran regalo.

—No lo había pensado, tienes razón. ¿Tú sabías que Cinthia tenía una hija?

—Por supuesto.

—¿Por qué nunca me dijiste nada?

—No pensé que te interesara, son cosas naturales, todo el mundo tiene hijos —comentó Jack.

Menos yo. Pensó Nick.

—No debiste decirle que iría, no pienso hacerlo —dijo Bárbara mirando seriamente a su madre.

—Hija, son tan pocas las veces que te pido algo… creo que sería bueno para tu carrera.

—Ese sujeto no me inspira confianza, mamá, debe ser un engreído, ya he pintado a cantantes, no es lo que quiero hacer.

—Considéralo algo especial, le prometí que irías, es mi amigo.

—Ya sé qué clase de amigo es, mamá, y es lo que no me gusta.

—Más respeto, jovencita. Asume que gracias a lo que hacía tuviste la educación de la que te sientes tan orgullosa —dijo Cinthia endureciendo el tono de la voz.

Bárbara estaba preparada. El chantaje que ejercía su madre sobre ella era algo que colgaba en el aire ante cualquier discusión.

—Será la última vez que lo haga, madre. Me iré a Europa y no regresaré.

—Como gustes. Y si no deseas hacerlo, poco me importa —dijo haciendo un gesto con la mano.

Dio media vuelta y se marchó. Pero se había salido con la suya; era una idea que venía acariciando desde hacía tiempo, desde que se enteró de que Margaret se había casado con Nick. Su hija no poseía su belleza pero era atractiva, tenía una distinción innata que Cinthia atribuía a los genes de su padre, un hombre con el que mantuvo relaciones esporádicas durante varios años y del que quiso quedar embarazada. Él jamás se enteró y estaba bien para ella, porque no lo había hecho sino por una razón puramente egoísta: tener algo propio, un hijo, algo que le perteneciera. Con el tiempo se dio cuenta de que los hijos no eran pertenencia de los padres sino individuos con vida propia. Bárbara había heredado su espíritu libre, sin embargo, su moralidad era absolutamente opuesta a la de ella. Cinthia supuso que la habría heredado de su padre, si esas cosas eran factibles de heredarse. Él era un hombre chapado a la antigua, lo que no le había impedido hacer uso de sus servicios de vez en cuando pese a tener esposa e hijos. Ella se había fijado más en sus cualidades físicas que en sus costumbres, y el resultado fue una preciosa niña de ojos color miel, cabello castaño y facciones finas como las de su padre. Desde pequeña había resaltado en ella una elegancia inusual en su manera de ser y en sus preferencias a la hora de escoger su ropa pese a no haber sido criada por su padre ni haber llegado a conocerlo. Al hacerse mayor empezó a engordar y dejó de ser la chica larguirucha del colegio. Para entonces era una joven algo entrada en carnes, aunque no tanto como para dejar de ser atractiva.

Cinthia sentía que Margaret le debía algo. Durante los años que permaneció bajo su techo le había brindado su amistad, se había comportado con ella como si fuese su hermana menor y le había enseñado todo lo que sabía, algo que jamás había hecho con nadie, y sin embargo ella había ido acaparando a sus clientes como si considerase que era algo natural, sin decirle nada, sin mostrar el menor respeto ni la mínima consideración. Y encima, se había alejado de su vida sin dar explicaciones, solo una fría despedida, como si los años a su lado no hubieran significado absolutamente nada.

Cuando vio a su hija salir esa mañana su satisfacción le rebosaba el pecho.

—Creo que deberías vestir algo más veraniego, Bárbara —dijo refiriéndose al sencillo atuendo que llevaba puesto.

—Hasta luego madre —dijo ella sin prestar atención a sus palabras.

Cinthia la vio alejarse hasta la puerta. Llevaba zapatos bajos, una falda negra y una blusa blanca cerrada hasta el cuello. Bajo el brazo un cartapacio.

Cuando se presentó, Nick todavía dormía. Después de un par de horas apareció envuelto en una bata para darse un baño en la piscina. Al ver a Bárbara sentada en una de las tumbonas recordó que vendría. Se acercó a ella y la saludó. Ella percibió el olor a champú que despedía su cabello todavía húmedo.

—Hola, soy Nick.

—Mucho gusto, señor Amicci, soy Bárbara.

—¿No deseas ponerte cómoda? —invitó Nick mientras miraba su postura. Lucía un tanto ridícula sentada en la orilla de la tumbona con las piernas muy juntas y la espalda recta como si se mantuviera en estado de alerta.

—Estoy bien así, gracias. Mi madre dijo que usted deseaba que le hiciera un retrato.

—Sí. Hablamos de eso, pero tengo una mejor idea, me gustaría, si te es posible, claro, que hicieras un retrato de mi mujer.

Bárbara se relajó ligeramente. No esperaba eso, y le pareció que las cosas iban por buen camino.

—Estaré encantada, me gustaría verla.

—Está en Los Ángeles, tendrías que trasladarte allá, ¿te importaría?

—No, por supuesto.

—Mientras tanto, ya que estás aquí te invito a pasar un día agradable, almorzaremos juntos, tengo todo el día libre.

—Muchas gracias señor Amicci.

—Por favor, soy Nick, no estoy acostumbrado a que me traten de usted. Allá hay trajes de baño nuevos, ponte cómoda —dijo señalando una puerta de madera en el extremo del área de la piscina. Se quitó la bata dejando ver su musculatura perfecta y se dio una zambullida.

Bárbara parpadeó al verlo. Sintió que el calor enrojecía sus mejillas. Miró la puerta de madera y dedujo que si no se cambiaba, la ropa que llevaba puesta la haría verse fuera de lugar, y ella no era persona de desentonar.

Entró al cuarto y escogió un traje de baño enterizo de color turquesa, hubiera preferido uno negro pero no vio ninguno. Sacó el traje de baño de su envoltorio original y se lo probó, por suerte era de su talla.

Regresó al borde de la piscina y una asistenta se le acercó y le preguntó que deseaba tomar.

—Agua, por favor.

—Hay demasiada agua aquí, Bárbara, te recomiendo un *Bloody Mary*. Trae dos, por favor.

La empleada hizo un gesto de asentimiento y se fue.

—Es muy temprano para tomar alcohol —objetó Bárbara.

—No te preocupes, es más jugo de tomate.

Salió de la piscina, se secó con una de las toallas y se sentó frente a ella. ¿No quieres entrar? Dijo, mirando al agua.

—No por ahora, tal vez dentro de un rato, gracias.

—Háblame de ti, ¿cómo es tu trabajo? ¿En qué te fijas primero para hacer un retrato?

—Debo conocer un poco a la persona para captar no solo la parte física, es vital para mí.

—Entonces no hubieras podido hacerme un retrato, yo estaré pocos días aquí.

—Tienes razón, no hubiera podido.

La asistenta se acercó con los tragos y los dejó en la mesilla.

—Salud, Bárbara, es un placer tenerte aquí.

—Salud —dijo ella llevándose el vaso a los labios—. El sabor del tomate era intenso, le gustó sentir la sal del borde del vaso.

—Es lo que mejor preparan aquí —comentó Nick.

Bárbara tomó un largo trago, tenía sed y no se había dado cuenta. Nick observó su esbelto cuello. Bajó la vista y miró su figura.

Después de un rato de conversación intrascendente y un par de Bloody Marys adicionales, Bárbara aceptó entrar a la piscina. Nick era un hombre guapo e interesante, y su cercanía y su risa contagiosa la hicieron perder su reticencia inicial. Las risas, al igual que el agua inundaban la piscina. Almorzaron y a los ruegos de Nick ella se quedó un rato más. Le prometió regresar al día siguiente. Hacía tiempo que él no pasaba un buen rato en otra compañía femenina que no fuese Margaret, y Bárbara le agradaba, era una chica amigable y entretenida, no pudo dejar de imaginársela desnuda, al fin y al cabo era un hombre. Su cuerpo no era como el de las mujeres que solía frecuentar, le causaba curiosidad saber cómo se veía desnuda, y lo que imaginó le ocasionó una brutal erección, por suerte estaba dentro del agua al borde de la piscina, cuando la vio alejarse hacia los vestidores.

Esa noche llamó a Margaret y le dijo que iría a Los Ángeles una pintora que la inmortalizaría en un lienzo. Y Margaret que pensaba que lo tenía todo, comprendió que siempre existía algo más, un retrato de ella tal como se veía era un regalo invaluable.

Nick y Bárbara terminaron en la cama antes de que acabara la mañana del segundo día. Había sido inevitable, ambos se atraían y la piscina era solo el prolegómeno para lo que sus mentes venían percibiendo desde el día anterior. Bárbara no regresó a su casa los próximos días y Cinthia supo que había ganado esa batalla. Y aunque su hija no era una amante tan experta como Margaret, a Nick lo atraía justamente esa especie de inocencia y cierto pudor que él ya había olvidado en las mujeres. Era él el maestro y ella la alumna aplicada.

—Reanudo mi gira mañana, Bárbara. Esta será nuestro último día.

—Comprendo. Pero te veré en Los Ángeles, ¿no?

—Depende del tiempo que tardes en retratar a mi mujer, mis presentaciones durarán todavía un par de meses.

—Tu mujer… ¿La quieres, Nick?

—Más que a nadie en el mundo.

Las palabras se clavaron como dardos en el pecho de Bárbara.

—Pero eso no te impide estar con otras.

—La verdad es que es la primera vez que lo hago. Pero desde el primer día te dije que entre nosotros no habría futuro, lo recuerdas, ¿no? Es decir… creo que quedó claro.

—Sí, sí, Nick, no te preocupes, lo entendí perfectamente.

Nick la atrajo hacia él y la miró intensamente.

—Si no estuviera tan enamorado de Margaret, lo estaría de ti.

La besó largamente en los labios y empezó a acariciarla como sabía que a ella le gustaba. Su boca la recorrió integra hasta hacerla gemir y luego la penetró, dándole el tiempo necesario para que se recuperara y sintiera el último orgasmo junto con él. Ella estaba locamente enamorada de Nick, había sucedido todo demasiado rápido y no pensó en las consecuencias, ya no había marcha atrás ni quería dejar de amarlo, iría a Los Ángeles y lo volvería a ver.

Un mes después de aquella noche Bárbara finalmente viajó. Había estado posponiendo el viaje para dar tiempo a que Nick terminara su gira de conciertos y para no parecer tan obvia eligió viajar treinta días antes. Aquello ya no formaba parte de los planes de Cinthia, no hubo necesidad de que ella hiciera nada más. Todo quedó en manos de su hija, solo esperaba que ella no sufriera si Nick no le correspondía, pero de lo que sí estaba segura era de que Margaret no la pasaría tan bien y era lo que importaba.

Para Nick, Bárbara había sido algo pasajero, como tantas veces antes lo habían sido las mujeres con las que estuvo. Una o cuatro noches no tenía demasiada importancia, tampoco se paraba a pensar si hacía algún daño, pues daba por hecho que ellas aceptaban pasar unas horas estupendas. El goce era mutuo. Sin embargo una ligera inquietud se alojó en él. Había sido infiel a Margaret, y esta vez de manera consciente. ¿Qué diría ella si se enteraba? Pero no había forma, a menos que Jack se lo dijera, cosa que era improbable. Nadie más lo sabía, ellos no habían salido a ninguna parte. Nick suspiró. Habían sido tres días de sexo nuevo y desenfrenado. El resto de la gira tuvo algunos encuentros con otras mujeres, solo fueron actos sexuales accidentales, sin mayor importancia, pero que dejaban buen sabor. Nick era un hombre joven, necesitaba descargar la energía que acumulaba en sus conciertos.

CAPÍTULO XXII

Nick cerraba su gira en Nueva York. Aprovechó para visitar a Carolina, le debía la visita, no había estado presente en la muerte de Theo.

La encontró diferente. Algo en ella había cambiado, no era por su agradable apariencia, sus ojos indicaban una dureza que no reflejaban antes. Su apartamento también había cambiado, era como reencontrarse con otra persona.

—¿Te gusta?

—Mucho, no solo tu casa ha cambiado, también tú.

—No quería recordar a Theo. Después de su muerte todo es diferente.

—Lo comprendo, no sé qué haría si...

—¿Si Margaret dejase de existir? Nada, hermano, todo seguiría igual. Al final todos somos iguales.

—¿Qué sucede contigo, Carolina? Te noto muy cáustica.

—Las personas no son las que aparentan, Nick.

—Eso ya lo sé. ¿A qué viene eso ahora?

—¿Sabes quién es Margaret?

Al escuchar a su hermana Nick prestó atención.

—¿Qué tratas de decirme?

—Que tu mujer es una caja de sorpresas, Nick. Fue la que ocasionó la muerte de Theo —dijo Carolina con una rabia imposible de disimular.

—¿Pretendes insinuar que él se suicidó por ella?

—Así mismo.

—Pero tú eras quien estaba con él, ¿cómo puedes decir eso? Ellos hacía tiempo habían terminado.

—No. Bueno, sí. Pero antes de matarse Theo estuvo con Margaret.

Nick que hasta ese momento había permanecido de pie se dejó caer sobre el asiento.

—Ella estuvo en Miami. Él también. ¿Sumas? —dijo su hermana.

Nick ya no escuchaba. Recordaba la sensación que tuvo cuando aquella noche estuvo llamando a Margaret y ella no respondía. Su intuición había sido cierta.

—Theo supo que ella estaría en Miami porque yo, tonta de mí, se lo comenté sin sospechar que él iría tras ella —prosiguió ella.

—No entiendo, ¿cómo sabes todo eso?

—Porque Margaret me lo confirmó cuando vino. Pasaron una noche juntos.

—¿Pero por qué se mató?

—Porque ella le dijo que no lo amaba, ¿por qué más lo haría?

—No tiene sentido. Si estuvieron juntos…

—Ay hermanito, tienes mucho que aprender.

El resto del tiempo Nick permaneció cabizbajo. Carolina lo sentía por él, pero sabía que Margaret no quedaría bien parada, él no le perdonaría la afrenta, lo conocía bien.

La semilla de los celos fue creciendo a medida que más pensaba en ello. ¿Tenía importancia tener celos ahora que Theo estaba muerto? No. Se respondía él mismo, pero aquello había ocurrido cuando vivía, y Margaret no sabía que se mataría. La idea de que ella lo hubiera engañado le era insoportable.

El taxista preguntó por la señora de la casa al vigilante de la entrada y después de unos segundos las rejas se abrieron y dejaron pasar el coche. Bárbara miraba desde la ventanilla el largo camino bordeado de pinos hasta llegar a la puerta de la preciosa casa. Bajó y tocó el timbre. Una sirvienta uniformada abrió y la condujo hasta un salón en donde esperó a Margaret.

—¡Hola Bárbara, gusto de conocerte! —exclamó Margaret al entrar.

—Hola, Margaret, el gusto es mío. Tienes una hermosa casa.

—Gracias. ¿Qué tal tu viaje?

—Largo y cansado. Sobre todo largo.

—Lo sé. Ven, te enseñaré tu habitación.

La condujo hacia el jardín por un camino empedrado hasta un anexo para huéspedes.

—Te traerán el equipaje, puedes descansar y ponerte cómoda, cenaremos a las ocho. ¡Espero que te guste!

Bárbara estudió el lugar. Era una estancia efectivamente muy cómoda, un pequeño salón, un dormitorio y un baño con una amplia tina. Todo para ella sola. Llamaron a la puerta. Era un joven con sus valijas. Después de tantas horas de vuelo lo único que quería era darse un baño y descansar. Miró su reloj de pulsera: las tres de la tarde. Tendría tiempo suficiente.

Margaret pensó que Bárbara era demasiado bonita como para no haber llamado la atención de Nick. ¿Se habrían acostado? Tal vez sí. Era lo más seguro. Hizo una mueca y restó importancia a la idea. Si lo había hecho, hecho estaba. ¿Se lo contaría esta vez Nick? Se preguntó con curiosidad. ¿De quién habría salido la idea de pintarla?

Había algo en Bárbara que le produjo un *déjà vu*. Algo en su sonrisa o tal vez en algún gesto en su rostro, no podía determinar qué o dónde la había visto antes. Se encogió de hombros. En cualquier momento recordaría.

Bárbara pensó en Margaret mientras reposaba en la tina. Era una mujer que no parecía muy joven, como Nick, pero su apariencia sí lo era. ¿Cómo definirla? Tenía la mirada de una mujer madura, pero su físico lucía juvenil. Una combinación extraña. Tuvo que admitir que era muy atractiva e intimidante. Hubiese preferido encontrarse con una mujer común y corriente, pero ella no era nada común, Margaret destilaba una sensualidad que Bárbara pudo palpar como si la hubiera tocado. Y no era porque vistiera de manera provocativa, la tenía a flor de piel.

Durante la cena entablaron amistad, definitivamente Margaret era encantadora. Segura de sí y al mismo tiempo muy sencilla, a Bárbara le daba la impresión de ser tratada de manera maternal, como si la mujer que tenía frente a ella fuera mucho mayor de lo que aparentaba.

—No sé a quién me haces recordar, Bárbara, cada vez que te miro siento que te he conocido en alguna parte.

—Dicen que me parezco a mi padre. Yo no podría afirmarlo, pues nunca lo conocí —dijo ella.

Si esperaba que Margaret le preguntase al respecto se equivocaba.

—Con seguridad yo tampoco —dijo mostrando una preciosa sonrisa.

Bárbara sentía la penetrante mirada de Margaret tal como si le pudiera leer los pensamientos. No obstante, comprendió que era su forma de mirar. No lo hacía por algo en particular. Para una retratista como ella era interesante pintar a alguien tan fascinante como parecía ser aquella mujer. No era hermosa, era más que eso, la fuerza que emanaba su mirada hacía que se viera más que hermosa, como una deidad a la que había que adorar. Por momentos olvidó que su verdadero objetivo era Nick. Cuando pasaron al salón a tomar el té un profundo silencio invadió la estancia. Margaret esperó a que la mucama sirviera y cuando se hubo ido reanudó la conversación con una pregunta que sobrecogió a Bárbara.

—¿Te acostaste con Nick?

—Yo... ¿Por qué piensas eso?

—Porque conozco a los hombres. También a las mujeres —agregó después de unos segundos.

—Sí. Pero no fue algo más que...

—Lo sé —interrumpió Margaret—. Fue un polvo sin importancia. O dos, o varios. En serio, no tiene importancia. Él era un hombre lejos de su mujer y necesitaba drenar la adrenalina que le producen los conciertos. Era simple curiosidad.

La cara de Bárbara estaba teñida de rojo. Se sentía violenta, le chocaba que ella hubiera descubierto su secreto.

—Vine para hacerte un retrato, Margaret. No tengo ninguna otra intención.

—Te creo, ya no hablemos más de eso, son travesuras de Nick. ¿Estás cómoda en tu habitación?

—Sí, mucho.

—Nick me dijo que te reservara un cuarto en un hotel, pero yo pensé que era mejor tenerte aquí, así estaré a tu disposición.

—Y te lo agradezco, Margaret.

—No tienes que hacerlo. ¿Cuándo empezaremos? ¿Cómo debo estar? ¿Con algún traje en especial? ¿O tal vez desnuda?

—Depende de ti, Margaret.

La agradable risa cálida de Margaret llenó el salón. Bárbara la acompañó, aliviada de poder hacerlo.

—Entonces empezaremos mañana. Estoy impaciente.

—Y yo también.

Una corriente de simpatía nació entre ellas, no sabían si surgió por mera simpatía o porque tenían algo en común: habían compartido el mismo hombre.

—Hasta mañana, Bárbara, ¿a qué hora deseas que te lleven el desayuno?

—A las nueve estará bien.

—Perfecto. Nos veremos a las diez. ¿Te parece?

—Sí, a las diez es perfecto.

Cruzó el jardín y se dirigió a la habitación que le había asignado. Armó el caballete, los lienzos y el material que necesitaría para empezar al día siguiente. Sería una larga noche en la que el sueño no llegaría con facilidad. La inquietaba la actitud de Margaret. ¿Hablaría con Nick acerca de ellos? No le agradaba para nada la idea. Se encontraba absolutamente desarmada.

Margaret desayunó como siempre en el pequeño comedor junto a la cocina. Después cogió las prendas que había seleccionado y fue a los predios de Bárbara. Con un suave toque de nudillos llamó a la puerta y escuchó su voz.

—Adelante.

—Buenos días, Bárbara. Estoy preparada. Miró su reloj. Marcaba las diez en punto.

—Suelo acercarme un poco a la persona que voy a retratar, Margaret, pero en tu caso no creo que sea necesario.

—Yo tampoco. Me parece que ya me conoces un poco —dijo ella mirándola fijamente de esa manera que intimidaba—. *Nos conocemos*—. Enfatizó.

Sin darse por aludida Bárbara señaló la ropa que Margaret había dejado sobre el sofá.

—¿Quieres probártelas?, veremos con cuál podrías salir mejor.

Margaret se quitó la blusa. No traía nada debajo, expuso sus senos sin pudor y Bárbara apreció que eran hermosos, rotundos, llenos, con un par de pezones rosados grandes y bien formados. No tenían apariencia de ser producto de silicón y de hecho no lo eran. Se dio cuenta de que ella deseaba lucir su cuerpo. Se quitó también la falda larga que llevaba y quedó desnuda. Escogió una túnica de fino hilo color arena, la pasó por la cabeza elevando los brazos. Su desnudez quedó expuesta sin que aquello pareciera causarle incomodidad. Bárbara no pudo evitar observarla detenidamente, tenía el pubis lampiño, la curva de sus caderas pronunciada, el vientre plano y un par de piernas soberbias. Era una mujer apetitosa. Su cuerpo desprendía un delicado aroma floral, pero al mismo tiempo había algo más en el ambiente que tuvo el efecto de un afrodisiaco en ella. Al ver el cuerpo de Margaret, Bárbara no pudo evitar una contracción en el vientre, no de dolor, sino de deseo. Sentía que las orejas le quemaban.

—Déjame ayudarte —dijo al ver que ella parecía haberse enredado con la túnica.

Bajó la túnica y la acomodó sobre su cuerpo. Margaret la miraba con los labios entreabiertos, como si esperase un beso. Al menos fue lo que le pareció.

—¿Qué dices? —preguntó refiriéndose a la larga camisola transparente.

—Es preciosa. Y queda muy bien, si tu idea es que se vea tu cuerpo me parece que es la prenda apropiada. —Le acomodó algunas arrugas sobre el pecho y no pudo evitar tocar sus senos—. Los tienes hermosos, ¿son naturales?

—Sí. Si quieres tócalos, solo me los elevaron un poco, pero no tuve necesidad de implantes —dijo Margaret bajando uno de los hombros de la túnica para dejar al descubierto uno de sus senos.

Bárbara lo miró indecisa.

—No te avergüences, puedes comprobarlo.

Para no parecer ridícula se encontró tocándole el seno con timidez. Margaret puso la mano sobre la suya y la llevó por toda la superficie. Bárbara sintió el pezón erecto y no le desagradó, por el contrario, lo acarició mientras Margaret sonreía de placer. Ya su mano había dejado libre la de Bárbara, quien la acariciaba por cuenta propia participando de un gozo que no había experimentado antes.

—¿Notas que son naturales?

—Sí. Tienes unos senos espléndidos —contestó Bárbara retirando su mano—. Estaba pensando que podría pintarte al lado de la ventana aprovechando la luz matutina. Allí —señaló.

—¿Sentada en el alféizar?

—Sí. Sobre los cojines.

Margaret se situó en el sitio que señalaba Bárbara. La luz caía con suavidad sobre su cabello y sus hombros, el juego entre la luz y sombras era bueno.

—No te muevas, por favor. Quédate tal como estás.

Con rapidez inusitada Bárbara hizo un bosquejo. Sus manos hábiles, acostumbradas a dibujar duplicaron la figura de la ventana, el mismo rostro, el mismo hombro desnudo, los mismos senos velados por la fina tela de gasa. Quedó un momento quieta y luego se acercó a Margaret. Recogió su cabello y lo sujetó con unos ganchos que quitó del suyo.

Prosiguió con el dibujo, esta vez Margaret llevaba el pelo recogido. Lucía etérea y al mismo tiempo parecía un animal sexual. Como una leona en celo dentro de una jaula. Bárbara supo que haría el retrato de su vida.

—¿Ya puedo moverme? —preguntó Margaret al ver que ella había dejado de dibujar.

—Sí. La luz de esta hora es especial. Debemos trabajar todos los días a la misma hora. Esta noche pasaré el bosquejo al lienzo.

—Quiero ver el dibujo.

Bárbara se lo enseñó.

—Es solo un garabato, quise grabar tu pose para reproducirla mañana.

—Pero es un garabato muy bien hecho, Bárbara. Me gusta mucho. ¿Puedo ver esto? —dijo señalando un gran cartapacio.

—Sí, claro, son fotos de los cuadros que he hecho.

Margaret los observó detenidamente uno a uno. Estaba delante de una gran artista, empezó a admirarla, y también sintió que le debía una disculpa.

—Eres una artista, Bárbara. Perdona si fui un poco brusca contigo ayer. Y también por lo de ahora…

—Descuida, comprendo que necesites saber si tuve algo con tu marido. Me siento más tranquila ahora que lo sabes. Y la idea de tocar tu seno no fue mala, siempre quise saber qué se sentía al acariciar a una mujer.

—Me gusta tu franqueza. Acariciar a una mujer o dejarte acariciar puede excitarte, de hecho yo lo sentí así y no es nada malo, es natural.

A Bárbara no le pareció tan natural pero no quiso contradecirla. Estaba delante de una mujer que a todas luces no era para nada como las que había conocido antes.

Después de ese primer día los encuentros se hicieron habituales. El cuadro empezaba a tomar el color de la mañana; Margaret se veía reflejada en él gradualmente, como si se estuviese llevando a cabo la obra de la creación.

—¿Qué te parece si en lugar de usar tonos matutinos los oscureces un poco para que parezca el atardecer? —sugirió una semana después.

—Podría hacerlo, tendría que oscurecer los amarillos por tonos rojizos…

—Creo que me gusta más.

—Ven por la tarde para captar la tonalidad exacta.

Y fue lo que hicieron. El cuadro parecía tomar vida día a día, y entre ellas surgió una amistad cómplice.

—Nick llega dentro de tres días —anunció Margaret.

—Espero que le guste lo que hemos logrado.

—Seguro que le encantará.

Ya Bárbara no tenía malos presagios respecto a su relación con Nick. Había llegado a aceptar que no podía competir con Margaret, y en buena cuenta aquello la tranquilizaba. Solo esperaba el momento en que él llegase porque sentía mucha curiosidad por saber cuál sería su reacción frente a las dos. Por otro lado, pensaba que tal vez se estaba haciendo demasiadas olas. Si él tuvo la idea de que ella pintase a Margaret, tendría la misma forma de pensar que ella. Todo no había sido sino «unos cuantos polvos» sin ninguna importancia, más allá de pasar el rato. Los pensamientos la entristecieron, ella no era más que un objeto usado, tanto por uno como por la otra.

CAPÍTULO XXIII

S e hallaban conversando frente al jardín del manantial cuando llegó Nick. Él fue directamente hacia Margaret y la besó largamente sin tomar en cuenta a Bárbara. Tal vez sin verla. Margaret le puso las manos sobre el pecho y se separó de él.

—Cielo, quiero presentarte a Bárbara, aunque creo que ya se conocen.

—Hola, Bárbara. Qué gusto —dijo Nick extendiéndole la mano.

—Hola, Nick.

—¿Nos disculpas? —dijo él tomando por los hombros a Margaret, mientras la guiaba hacia la casa.

Bárbara quedó sola mirando correr el agua entre las rocas. Sentía envidia. Había procurado no sentir nada, pero al ver a Nick no pudo controlar sus pensamientos, su deseo de ser amada por él. ¿Por qué algunas personas parecían tenerlo todo? Se preguntó. Tenía la impresión de que su corazón era de cristal y empezaba a resquebrajarse y caerse por pedazos. Nick... el hombre perfecto, el que la había hecho pensar que tal vez pudiera amarla. Recordó su cuerpo desnudo y sintió un estremecimiento. Debía largarse de ese lugar lo más pronto posible, quedarse significaba seguir haciéndose daño. Pero no sería tan fácil. Tuvo que volver a verlos durante la cena. Miradas ardientes que se cruzaban en la mesa, no obstante algo en el ambiente parecía haberse enturbiado. Bárbara tenía la impresión de que Nick tenía la mente en otra parte.

A Margaret no se le escapaba la actitud de Nick. Esa tarde él se había mostrado agresivo al hacer el amor. Demasiado. Como si lo hiciera con rabia. ¿Sería por Bárbara? No lo creía. Ella no significaba nada, estaba segura. ¿Entonces, qué? Y así fue durante varios días. Se perdía con el pretexto de ver las proyecciones de sus conciertos que, según él, debía examinarlos para no cometer los mismos fallos. Regresaba por las noches y su actitud a veces rayaba en la indiferencia. Con Bárbara su trato era superficial, como si jamás hubieran tenido nada. Ella deseaba terminar el retrato y lo haría pronto para irse lo más lejos posible de allí. Una de esas mañanas Leonora la atendía en la cocina. La buena mujer le había tomado cariño, y después de ver la pintura que hacía de Margaret, la admiraba profundamente.

—¿Qué le puedo ofrecer, señorita Bárbara?

—Un vaso de agua, si es tan amable.

—La noto triste. ¿Extraña su casa?

—No, Leonora, usted exagera —respondió sin muchas ganas de hablar.

—Yo le voy a decir lo que pienso, si me lo permite —dijo Leonora.

—¿Qué piensa de qué?

—Soy vieja, pero no ciega, hija mía. Ha de saber que el señor Nick está muy enamorado de Margaret. He notado que cuando lo mira no puede ocultar lo que siente por él. Será mejor que termine pronto ese cuadro y se aleje para que no siga haciéndose daño.

—Lo sé, Leonora. Lo sé. Y también sé que contra Margaret no puedo hacer nada. Menos ahora. A él lo conocí hace meses en Perú… pero obviamente me ha olvidado.

—Hija mía. Margaret es muy especial. Jamás se le ocurra que podría quitarle el marido. Ese hombre está loco, ¿comprende? Loco por ella. ¿Sabía que ella tiene cincuenta y tres años? —agregó Leonora después de dudarlo.

—¡Qué dice, Leonora! Es imposible.

—Créame Bárbara. Ella es sobrenatural. Yo la quiero mucho y todos aquí también. Pero sé que existe algo en ella que es fuera de este mundo. Nick está completamente hechizado.

—No puedo creerle. Margaret luce joven, hasta podría decir que le lleva solo un par de años a Nick.

Es lo extraño. Cuando empecé a trabajar para ella hace varios años era una mujer madura, se mandó hacer unas cirugías que la mejoraron, pero cada día se ve más joven y eso no puede ser normal.

—Me ha contado que lleva unos tratamientos de belleza especiales. Los preparan en Miami.

—Pamplinas. No existen tratamientos con los que se puedan quitar veinticinco años. Y no se equivoque, no es que desee hablar mal de ella. Se lo digo para que se ande con cuidado y sepa a quién se está enfrentando —dijo Leonora con temor.

Era una siciliana supersticiosa, creía que existían fuerzas ocultas. Y era cierto que no deseaba perjudicar a Margaret, pero le daba lástima ver a Bárbara andando como alma en pena.

—Voy a creer en lo que me ha confiado, Leonora… ¿pero ha notado que hay un raro ambiente entre ellos?

—Sí. Algo debe de estar sucediendo.

—¿Cree que sea mi presencia?

—No se haga ilusiones, pequeña. Ya se lo advertí.

Bárbara dio un suspiro y fue a su habitación. Empezó a retocar el cuadro; el rostro de Margaret tenía ya la forma y expresión definitiva. Su mirada proyectaba la fuerza que provenía de su interior. Estaba logrando lo que había deseado, captar la personalidad misteriosa, la magia, el hechizo que brotaba de ella y que, ahora estaba segura, le proveía de juventud. Leonora no tendría por qué mentirle o inventar algo así. Era indudable que poseía algo, un no se sabe qué atrayente, aun ella siendo mujer no podía escapar de esa atracción, lo reconocía. Verla día a día mostrando su desnudez había hecho que sus propios instintos sexuales se agudizaran y por las noches algunas veces se encontraba pensando en ella, en su piel, en sus curvas suaves, pero no estaba segura si lo hacía porque deseaba ser como ella o si era porque le gustaba Margaret. Era incapaz de sentir celos de ella, porque le parecía que estaba hecha para tenerlo todo y así debía ser, en cambio se sentía vacía, más que nunca, como si en su pecho en lugar de un corazón latiendo solo existiera un hueco que no pudiera ser llenado.

Entre Nick y Margaret se había formado una especie de pared invisible que hacía la situación insostenible.

Bárbara desde su habitación vio caminar a Margaret de manera resuelta hacia donde estaba Nick de pie, pensativo, mirando el agua de la piscina.

—Quiero que me digas de una buena vez que te ocurre, Nick. He dejado pasar estos días pero llegué al límite. Si no deseas seguir conmigo lo entenderé.

Nick le dio la espalda y tomó un sorbo de la bebida que estaba sobre el bar. Se volvió y le dijo:

—Será mejor que no lo sepas, Margaret.

—No. Me lo vas a decir ahora. Esta situación es insoportable.

Él la miró y no dijo nada, se dirigió a la casa, se vistió, fue a la cochera y habló con Jack. Después salió en su coche. Bárbara no podía escuchar nada. Después cuando llegó Margaret, notó la dureza en su mirada, pero no hizo comentarios.

Mientras conducía hacia cualquier lugar Nick no podía dejar de pensar en lo que Margaret le había hecho. Se sentía engañado, él le había entregado su vida y a cambio había obtenido unos cuernos más grandes que su casa. Se sentía humillado, sentía el dolor clavado en el pecho y era insoportable. Buscó a Alex, su manager, y fueron a tomar unas copas.

—Ya está bueno, Nick, ¿me vas a decir de una buena vez qué ocurre contigo?

—Nada, estoy cansado. Agotado —dijo. No deseaba contarle nada, era demasiado orgulloso para aceptar ante nadie que le habían puesto los cuernos.

—Presiento que son problemas de mujeres, ¿es así? ¿Margaret se enteró de tus últimas andanzas?

—No, cómo crees. Ya te dije que no es nada de eso. Ya se me pasará.

Era una de las pocas veces que Alex lo veía tomar sin control. Tendría que llevarlo él a casa, en ese estado no podría conducir.

Después de un par de horas lo arrastró literalmente hasta el coche y lo llevó. Al llegar llamó a Jack, quien se encargó de subirlo y meterlo en la ducha.

Margaret había pasado la tarde con Bárbara, no supo que Nick había llegado hasta que entró a la casa. Vio a Jack bajando de la planta alta.

—¿Qué sucede, Jack? —preguntó.

—Dejé a Nick acostado. Lo trajo Alex, tiene una tremenda borrachera.

—¿Me vas a decir qué le sucede? Tú debes saberlo.

Jack quiso escurrir el bulto pero ella no lo permitió. Se plantó delante de él en la escalera.

—Solo es una borrachera, Margaret.

—Sé que hay algo más. Jack, dime, por favor, no podré hacer nada mientras no sepa qué ocurre. ¿Es otra mujer?

—No. Más bien es por otro hombre —dijo Jack.

La mirada de interrogación de Margaret lo hizo sonreír por un momento.

—Explícame. Soy capaz de comprender lo que sea.

Jack tomó del brazo a Margaret y la llevó a un lugar apartado del salón.

—Se enteró de que estuviste con Theo. Carolina se lo dijo —aclaró en tono confidencial.

Ella no contestó. Dio la vuelta y se dirigió al dormitorio dejando a Jack abajo. Entró al dormitorio y sacudió con fuerza a Nick.

—Nick, ¡Nick!, despierta. Tenemos que hablar.

Nick entreabrió los ojos, vio a Margaret y se puso de lado.

—Déjame tranquilo —dijo.

—No. Ahora mismo vamos a aclarar esto, de lo contrario me iré. Y hablo en serio.

Al ver que Nick no reaccionaba, fue al vestidor y empezó a recoger lo necesario para meterlo en una maleta. Si a él no le importaba más, ella se iría y asunto terminado. Había sido bueno mientras duró, pensaba, tratando de cerrar la maleta. Era el momento de salir de su vida, regresaría a su país, o iría a cualquier lugar para dejar pasar el tiempo. —El tiempo todo lo cura—. Pensó en voz alta. —No me hace falta nadie para ser feliz. No necesito a nadie—. Estaba arrepentida de lo que había hecho pero eso no solucionaba nada. Dejaría el camino libre para cualquiera que quisiera estar con él, tal vez fuese Bárbara. Él necesitaba una mujer simple, sin pasado, sin sus problemas, y que fuese realmente joven. Pero nadie lo amaría como ella. Jamás. Sintió una sombra detrás. Era Nick parado en la puerta del vestidor sosteniéndose con firmeza del marco. Miraba la maleta y la ropa regada.

—¿Te vas? ¿Al fin decidiste irte? ¿Y con quién esta vez? Porque Theo está muerto.

—Me voy. Me voy de tu vida.

—Sé que la noche que no contestaste el teléfono estabas con él.

—¿Era eso? Pues bien, te lo diré ahora. No te lo conté para no herirte. Pero me acosté con Theo, y no lo hice porque lo amaba, lo hice porque él me amaba. Tal vez más de lo que tú nunca serás capaz.

—Si sabías que… ¿por qué lo hiciste?

—Porque él me lo pidió. Quiso hablar conmigo, sabía que jamás me tendría, y a mí me conmovió.

—Y por eso te acostaste con él.

—Sí. Yo lo había abandonado por ti, ¿te imaginas cómo pudo sentirse? Pero nunca tuvo un gesto de reproche ni de rencor. Él deseaba que yo fuera feliz, y si mi felicidad consistía en estar contigo, lo aceptaba. Solo me pidió una noche y no se la podía negar, nunca imaginé que era su última noche porque tenía pensado matarse. ¿Quieres más prueba de amor que esa? ¿Serías capaz de matarte por mí? Fue una triste despedida, Nick. Él estuvo antes que tú. Tenía ese derecho. No te lo dije porque ¿para qué mortificarte? No pensé que Carolina te dijera nada, ¿Qué ganaría ella? ¿Vengarse? Yo no tuve la culpa de que él no la amase. ¿Qué importancia puede tener una noche? Tú sabes mejor que nadie que el sexo es secundario. Lo que importa es esto.

Margaret se tocó el pecho. Le dio la espalda y prosiguió a cerrar la valija. Nick trataba de comprender de manera racional todo lo que ella decía. ¿Pero acaso los celos eran racionales?

—Me engañaste. Y ahora te vas como si nada importara.

—Mira, Nick, no nos engañemos. ¿Acaso te reproché por acostarte con Bárbara? Y no fue una noche, ni fue en mis circunstancias. Pasaron varios días revolcándose.

Nick se quedó de piedra al escucharla.

—¿Qué dices? No es cierto.

—Y lo niegas. Eso es engañar. ¿Por qué lo hiciste? ¿Te lo pedía el cuerpo? Lo entiendo. No te lo reprocho, pero tampoco tú tienes derecho a reprocharme nada a mí. Ahora déjame en paz que debo salir, este lugar me asfixia.

—Bárbara no significó nada para mí, Margaret. Hasta la había olvidado. Es diferente.

—Claro que es diferente. Tú estuviste con ella porque te gustó. Yo estuve con Theo porque se lo debía. Y por si deseas saberlo, Bárbara está enamorada de ti, puedes quedarte con ella.

—¡No! No te vayas, Margaret. Lo siento tanto, de veras. Por favor, no me dejes. Perdóname, no debí hacerlo.

—¿Acaso no lo entiendes? No te reprocho que te hayas acostado con Bárbara. Comprendo que lo hayas hecho, una cana al aire la puede tener cualquiera. Lo que no acepto es que me culpes por haberte engañado cuando estamos en las mismas condiciones.

—Margaret, no te vayas, acuéstate con quien quieras, pero no me dejes.

Nick se arrodilló ante ella, y la tomó de las manos. Soltó un sollozo. Margaret también lloraba. Lo abrazó y se agachó a su altura.

—Perdóname tú —susurró Margaret en su oído.

—Mi amor, mi vida, no tengo que perdonarte nada, perdóname... fui demasiado lejos, debí hablar contigo, pero no podía, no sabía...

Margaret estaba llorando calladamente, rota toda su fuerza, lloraba de emoción al sentir que Nick la tenía entre sus brazos como antes, estrechándola.

—Está bien, Nick. Está bien, ambos cometimos errores.

—Sin ti mi vida no tiene sentido Margaret, me doy cuenta lo afortunado que soy y me apeno por Theo. Debió amarte mucho para hacer lo que hizo.

Había vuelto a ser con ella el hombre dulce y cariñoso y para Margaret sentirse entre sus brazos era la gloria, había recuperado el paraíso que creía perdido.

—¿Me amas?

—Lo haré mientras viva.

El retrato por fin estuvo terminado. Bárbara había captado la esencia de Margaret. Había logrado algo que es muy difícil de hacer: captar la luz que atravesaba el ventanal; pintar a través del vidrio la rama del roble que asomaba, y reflejar en esa pintura exquisita la mirada profunda y calmada de Margaret, que aún desde una pintura hacía que se viera hermosa, con aquella suave túnica, que dejaba traslucir de manera muy sutil su sensualidad. El retrato fue colocado en el estudio de Nick.

Al despedirse de Margaret, Bárbara dejó entrever la emoción que la embargaba. Las dos sabían el motivo pero no dijeron nada. Respiró hondo y la miró con sus ojos dorados.

—En tu retrato dejé parte de mí —dijo.

Solo eso.

—Lo sé, querida, y lo agradezco. Las puertas de esta casa quedan abiertas para ti.

—Gracias, Margaret. —Dio una mirada por última vez al ventanal donde Margaret había posado y contempló el jardín—. Adiós. Despídeme de Nick.

Sacó una tarjeta de su bolso y se la dio. La abrazó y se dirigió al taxi que aguardaba por ella. Margaret esperó hasta que desapareciera el coche y se fijó en la tarjeta. Figuraban el teléfono y su dirección en Lima. La misma de Cinthia.

CAPÍTULO XXIV

Bárbara regresó a Lima llevando en su portafolio la foto del retrato que había hecho a Margaret. Su madre la miró hipnotizada. La mujer que veía no tenía cincuenta y tres años, como ella calculaba debía contar Margaret.

—¿La pintaste tal cual era o quisiste hacerla parecer más joven?

—Es tal como está allí, mamá.

—Es una mujer joven.

—Me enteré de una historia extraña que no tiene por qué ser real. Parece que es una mujer mayor de cincuenta, pero después de unas cirugías quedó como luce en la pintura. Me lo dijo una empleada de confianza de ella.

—¿Y por qué te lo diría?

—Es una larga historia —dijo Bárbara sin deseos de hablar demasiado de aquello.

—Esas cirugías fueron muy buenas. Luce estupenda.

—Así es. La vi de cerca, inclusive la vi desnuda, juraría que no se hizo ninguna cirugía. Su rostro no presenta la típica cara de labios con las comisuras elevadas, tú sabes... su piel es tersa. Y Nick está perdidamente enamorado de ella.

—Me parece que la admiras.

—Pues sí.

Y aunque Bárbara había evitado hablar de Nick, sintió la necesidad de decírselo a su madre. Era inevitable.

—La admiro aunque no sea más que por haber logrado el amor de Nick —admitió con tristeza.

—¿Te enamoraste de él, verdad?

—Este viaje fue un error, madre. No debí viajar. Él ni siquiera me recordaba.

—Ya pasará, mi vida, ya pasará —Cinthia la abrazó con ternura—. El tiempo todo lo cura. Todo.

Se sentía culpable por haber propiciado todo. No había contado con la apariencia de Margaret. Mientras acariciaba con suavidad el cabello de su hija la recordó. Siempre había sido reservada sin llegar a ser tímida. Daba la impresión de vivir dentro un mar de emociones que no sacaba a flote; jamás pudo obtener de ella una íntima complicidad, como la que se tiene con las amigas que se cuentan sus penas y secretos. Evitaba admitir sus debilidades. Durante su época universitaria no hizo amigos, porque según ella, cualquiera de sus padres podría haber sido clientes suyos. Cinthia siempre se preguntaba por qué seguía siendo prostituta si con los conocimientos que tenía podría conseguir otro empleo como hacían otras. La respuesta que le venía a la mente era que le agradaba. Y ella lo comprendía bien. Sentirse deseada y pagada por brindar placer era adictivo, sin embargo nunca se lo dijo. Sabía guardar sus sentimientos, y no demostraba sus emociones. Solo conocía su sonrisa, no la recordaba riendo a carcajadas. Lo que su hija decía de ella ya lo sabía, empero no podía imaginarla siendo amorosa con nadie. Le costaba creer que se hubiera enamorado de Nick.

Después de haber hecho las paces, Nick y Margaret pasaron unos días en las Bahamas. Estuvieron una semana disfrutando de sus espectaculares playas de arena blanca y aguas cristalinas. De regreso, decidieron pasar por el spa de Rafaela, quien al verlos, mostró gran asombro por la apariencia de Margaret. La veía espléndida, más joven que nunca. Les hizo tratamiento a los dos. Nick se dejó hacer de todo, y las empleadas del spa se peleaban por atenderlo. Coincidieron en que en persona era más guapo que en las imágenes.

Rafaela, estudió una vez más la piel de Margaret y notó que, a pesar del bronceado, y a los años que habían transcurrido desde la primera vez que la trató estaba más elástica que nunca. ¿Cómo era posible? Margaret parecía menor que ella. La estructura de su piel había recuperado la elastina y el colágeno natural. Antes nunca obtuvo resultados tan dramáticos. Theo la había operado hacía cuatro años más o menos, y desde aquella única operación, Margaret no se había vuelto a hacer nada, excepto sus tratamientos. Deseaba atribuirse esos excelentes resultados pero no era tan optimista. Estaba ante una mujer con la piel y apariencia general según los exámenes que acababa de hacerle, de una mujer de menos de treinta, y esto posiblemente debido al gran cuidado que Margaret tenía con respecto a su piel, pero indudablemente había algún otro motivo.

También notó que no tenía las canas que habían disimulado con unos reflejos hace unos años. Su cabello ahora era castaño con unos reflejos dorados por el sol. Saludable como toda ella. Según Margaret había comentado en una oportunidad, aún seguía menstruando, tal vez fuese la causa, pensó Rafaela, ¿pero por qué una mujer de esa edad, seguía haciéndolo?

Prefirió conversar de cualquier cosa mientras la atendía.

—Margaret, tienes un marido guapísimo. Eres la envidia de muchas.

—Y pensar que por poco no lo acepté. ¿Recuerdas? Ahora no me arrepiento. Creo que el amor rejuvenece, mírame.

—Te veo, te veo, y estoy por creer que es la receta perfecta.

Y en realidad Rafaela empezaba a creer que era cierto. No podía haber otra explicación.

Nick y Margaret tenían una sola cosa en común en sus experiencias de vida: el haber perdido a sus padres muy jóvenes, y casi a la misma edad. Era lo único. Nick provenía de una familia formada con sólidos principios y a pesar de que su padre había sido un aventurero incorregible, en su hogar siempre demostró respeto y amor por él y por su madre. Ella lo había rodeado de cuidados, ternura, y nunca le había faltado qué comer, ni dónde vivir. Ejerció una gran influencia sobre Nick como ejemplo a seguir. Era una incansable trabajadora, correcta, le inculcó los principios de responsabilidad y honestidad que llevaría consigo por el resto de su vida. Su padre en cambio había sido un personaje. Nick de adolescente se preguntaba cómo habían logrado enamorarse y unir sus vidas dos personas tan opuestas. Él había heredado de los dos sus mejores características: la belleza de su madre y su amor al trabajo y la simpatía y el carisma de su padre.

Al terminar la visita al spa, Rafaela los vio alejarse tomados de la mano como si fuesen dos chiquillos. Movió la cabeza pensativa y volvió a su trabajo. Y Nick al suyo. Regresaron a Los Ángeles y continuaron con sus vidas; el único cambio que hubo fue que Margaret no siguió trabajando con Nick.

—¿Por qué, cielo?

—Es mejor que separemos el trabajo de nuestras vidas privadas, amor.

—Te aseguro que no tengo nada que ocultar.

—¿Estás seguro?

—Segurísimo.

Margaret sonrió. Ella sabía bien que en su tipo de trabajo siempre había algo que ocultar. Y él tenía unos cómplices perfectos: Jack y Alex. Pero no discutiría al respecto.

—Prefiero quedarme en casa, en serio. Tomaré clases de dibujo, de repostería, de cocina, ya se me ocurrirá algo.

—No quiero que te sientas excluida de mis actividades, cielo, en serio.

—No me siento excluida. Creo que cada cual debe guardar su espacio, es mejor, Nick.

—Está bien, si tú lo quieres, acepto.

—Nick… solo una pregunta por curiosidad, ¿te gusta Bárbara?

—¿Cómo puedes preguntarme eso, Margaret?, sabes que ni siquiera la recordaba.

—No fue eso lo que te pregunté. Solo quería saber si te gustaba, estuvieron varios días, supongo que algo en ella te atrajo. No temas, no se trata de celos, es pura curiosidad.

Nick posó en ella su mirada de ojos verdes, una mirada tan cándida como la de un boy scout.

—Me agradó su forma de ser. No se comportó como la típica

admiradora capaz de cualquier cosa por darme gusto. Era la hija de una vieja amiga, y cuando digo vieja es verdad —aclaró él—. Dijo que era una artista, que pintaba retratos y cuando vi los trabajos en su portafolio supe que era cierto y pensé en ti.

—¿Era buena en la cama?

—¿Por qué preguntas eso?

—Curiosidad, ya te dije.

—Era diferente. Todas las mujeres lo son, deberías saberlo. Ya no quiero hablar más de eso.

—Bárbara me parece una buena chica. Y si lo pasaron bien me alegra mucho. En serio. Eso no quiere decir que me gusta que te acuestes con otras —aclaró Margaret sonriendo levemente.

—Ya, Margaret. Te soy fiel porque quiero, no porque lo exijas, y si en algún momento estoy con otra ten la seguridad de que no será nada serio. Te amo a ti, y me gusta estar contigo, eres mejor que nadie para mí. ¿Estás contenta? —replicó Nick con evidente malhumor.

—Me gustan las cosas claras, Nick. Anda, sonríe, ¿sí?

Nick la miró. Era imposible enfadarse con Margaret.

—Ya verás lo que te voy a hacer para que dejes esas tonterías…

Dio la noticia a Alex y los comentarios no se hicieron esperar.

—Margaret no trabajará más aquí, debemos buscar un reemplazo.

—Es una mujer inteligente —dijo Alex—. Ojos que no ven corazón que no siente.

—Anda… tú sabes que he dejado de salir con otras.

—No es lo que vi en la gira.

—Chicas sin importancia. Ni vale la pena recordarlas.

—¿Y si ella se enterase?

—Tengo la impresión de que lo sabe, o al menos sospecha. No es mujer de escenas.

—¿Se te pasó ya la resaca?

—A qué resaca te refieres?

—A la que tenías antes de ir a las Bahamas.

—Prefiero no hablar de eso —dijo Nick.

Alex lo miró y envidió su suerte. Se alegró de que Margaret se hubiera retirado. Su trato con ella había sido cercano, pero nunca más de lo que ella permitía. En buena cuenta se alegraba de que no apareciera con frecuencia por esos lados, porque su presencia era perturbadora, no porque ella fuese insinuante, aunque a veces lo pareciera. Era por él mismo, por su salud mental. Había momentos en los que había deseado comérsela a besos y él apreciaba demasiado a Nick.

Margaret retomó la vida tranquila que le proporcionaba la hermosa casa en la que vivía. Algunas noches cuando miraba el cielo y las pocas estrellas que la contaminación lumínica dejaba ver, le venía a la memoria aquella otra noche estrellada en la que desde su balcón había derramado lágrimas amargas. ¿Qué había sucedido entonces? No se había detenido a pensar en ese momento, tenía demasiados problemas que fueron relegando el sentimiento especial de aquella noche mágica que pasó tan rápido como llegó. Como sucede con el tiempo que nunca se inmoviliza. Su vida era una maraña de problemas, tantos, que no prestó atención a ese momento de debilidad que en cierta forma le avergonzaba recordar. Ahora su vida era otra, tenía todo lo que podía desear. ¿Y no era lo que ella había pedido a ese ser que siempre se había mostrado esquivo? Y esa noche lo recordó con claridad:

¿Puedes escucharme? ¿Puedes escuchar a esta mujer que vive en un pequeño planeta perdido? ¿Podrás encontrarme en la maraña del caos cósmico que dicen que tú creaste? Si así fuese, bastaría un ligero parpadeo tuyo para que mi vida se arreglase... ¡Dios! Si existes, ¡tú sabes qué es lo que más deseo!

¡Lo recordaba tan claro! ¿Por qué no lo había hecho antes? ¿Sería ella el producto de una concesión hecha por el que llamaban Dios? La idea le produjo un escalofrío. El temor se apropió de su ser. Y una vez más la duda invadió su alma. Lo que ella tenía era producto de la herencia de Julio del Monte quien la conoció porque ella vendía su cuerpo. Así de sencillo. Fue el primero y por algún extraño motivo le cogió cariño. No había más respuestas que esa. A partir de allí todo en su vida se había arreglado, pues el dinero todo lo puede, hasta devolver la juventud, pensaba con intensidad tratando de aferrarse a la cordura.

Para ella era fácil dejar de lado esa clase de pensamientos. La felicidad no daba espacio para momentos reflexivos, menos teniendo a un hombre como Nick, cuyo ímpetu juvenil avasallaba su vida, especialmente la parte sexual. Tenía la edad y la fuerza de un potro salvaje al que había que complacer a diario. Una de esas mañanas en la que reposaba después de hacer el amor con Nick sintió que su cabeza daba vueltas. Él ya había salido al estudio. Se hallaba sola en la inmensa cama testigo de horas turbulentas. Cubrió su cuerpo desnudo y extendió el brazo para llamar a Leonora.

—Sube por favor, no me estoy sintiendo bien.

La vieja Leonora abrió la puerta y la vio tendida con los ojos cerrados. Corrió las cortinas y abrió la ventana para que entrase aire fresco.

—¿Qué sientes, Margaret?

—No sé… mareos. Ayúdame a ponerme de pie.

—No. Quédate allí, voy a traer una toalla húmeda, espérate.

Fue al baño y trajo un paño. Lo puso en su frente y se sentó al borde de la cama.

—Ya me siento mejor —dijo Margaret al cabo de unos minutos.

—¿Segura?

—Sí, voy a sentarme, ya verás.

El vértigo había pasado. Se sentía perfectamente. Leonora le alcanzó la bata, se la puso y fue al baño. La vieja ama de llaves escuchó bajar el agua del inodoro y correr el agua de la ducha. No se movió de allí hasta que la vio salir del baño envuelta en una toalla.

—Me vestiré y bajaré a desayunar, Leonora.

—Creo que deberías ir al médico.

—No debe ser nada. No te preocupes. No se te ocurra comentarlo con Nick.

—Yo no haría eso, pero insisto en que veas a un médico.

—Lo haré, tal vez mañana.

Ante un médico no podía aparentar ser joven, tenía miedo de que le dijera que eran síntomas de vejez. Se sentía demasiado vital para eso. Pero el vértigo se repitió, por suerte para ella cuando Nick no se hallaba presente. ¡Qué falta le hacía Theo!

Manrico la llevó porque no quiso ir conduciendo por temor a los mareos, a una clínica exclusiva que su corredora de seguros le había aconsejado. Llenó los datos del formulario y esperó a que la atendieran.

El médico que tenía su historia en las manos la miró con curiosidad.

—Siéntese por favor —invitó.

—¿Tiene usted cincuenta y cuatro años señora Amicci?

—Sí, doctor. No los aparento, lo sé. Tengo algunas cirugías plásticas.

Él la escuchó con escepticismo.

—¿Qué la trae por aquí?

—He sentido mareos.

—¿Cuándo se presentan?

—En cualquier momento. El primero fue en la mañana, después a cualquier hora, hasta ahora han sido cuatro.

—No puedo hacer un diagnóstico sin tener sus analíticas.

Escribió una orden para estudios completos de sangre, orina, un ecosonograma, un eletrocardiograma e incluyó una mamografía. Se acercó a ella y le examinó los ojos y los oídos.

—¿Qué cree que sea, doctor?

—Parece estar bien, necesito los exámenes, ¿ha estado sometida a estrés?

—No. Llevo una vida tranquila.

—Pueden ser síntomas de menopausia. ¿Sigue algún tratamiento hormonal?

—Ninguno. Todavía menstrúo.

—Es la primera vez que veo a una paciente de su edad que lo haga.

—Dejé de hacerlo a los cuarenta y cuatro, pero desde hace unos tres años empecé a menstruar otra vez.

—Qué interesante —dijo el médico sin ocultar su asombro.

—Se ve usted muy joven para la edad que dice tener. Debemos descartar un posible embarazo. ¿Lleva vida sexual activa?

—Por supuesto. También me hacen tratamientos con aminoácidos en la piel, es la causa principal de que luzca tan joven.

El médico tomó nota en un cuaderno.

—Los exámenes los hará aquí hoy, la enfermera la llevará personalmente. Puede regresar mañana temprano.

Margaret hizo todo lo que le indicó el médico y sus temores se acrecentaron cuando él la llamó para decirle que no fuera al día siguiente. Debía aguardar a que la llamara porque esperaba los resultados de un estudio que había mandado realizar. Fue hasta una semana después que volvió a la clínica.

El doctor la invitó a sentarse y explicó:

—Me tomé la libertad de enviar unas muestras sangre a un doctor amigo mío, investigador de genética, en la Universidad de Los Ángeles. Él es especialista en desarrollo celular. Me llamó mucho la atención cuando la vi porque su físico no corresponde al de una persona de su edad. Aunque sus cirugías aparentemente hagan que piense que la hacen verse más joven, sus operaciones fueron estéticas, superficiales. No tienen nada que ver con la edad que representa. Los tratamientos de aminoácidos que usted se hace cada cierto tiempo tampoco; esos tratamientos pueden suavizar, embellecer la piel externamente, pero no rejuvenecerla. Otro asunto: su menstruación.

Margaret escuchaba atentamente lo que el médico le decía, pero se empezaba a inquietar porque le parecía que daba muchos rodeos.

—Mi amigo y colega estudió su muestra de células sanguíneas y descubrió que su reloj celular muestra una edad de treinta y un años. Permítame explicarle: todos tenemos un reloj celular a partir del cual podemos determinar la edad de la persona, las células se dividen tantas veces como lo permita este reloj genético. Algunas personas tienen enfermedades como la del envejecimiento prematuro llamado Síndrome de Cockayne, el paciente envejece con una rapidez de hasta tres o cuatro décadas cada año, es decir a los ocho años lucen como de cincuenta o más. En su caso, su reloj genético sufre una regresión. Es algo que nunca he visto, y puede ser algo muy bueno e interesante desde el punto de vista científico, pero tiene efectos secundarios. Las células al reproducirse indefinidamente, se vuelven cancerígenas. Me explico: cada vez que las células se multiplican, van perdiendo la capacidad de volver a multiplicarse la misma cantidad de veces, por lo tanto, les va quedando menos vida, por eso existe el envejecimiento, es cuando las células se han reproducido tantas veces, que ya no lo pueden seguir haciendo y mueren, la gente envejece y muere, es un ciclo natural. En su caso se trata de células anormales.

Margaret había quedado muda. Sentía que su mundo empezaba a rodar por una cuesta. ¿Reloj genético en regresión? ¿Las únicas células inmortales eran las cancerosas? Ya no escuchaba la voz del médico, su mente viajaba en el espacio buscando al Dios que le había concedido tantas bondades para preguntarle por qué le había hecho eso.

—¿Por qué? —preguntó levantando la voz.

—No lo sabemos —respondió el médico pensando que la pregunta iba dirigida a él.

—Lo siento…

—La comprendo, es natural que reaccione así. Lo que trato de decirle es que se encuentra en peligro. No porque de pronto empiece a envejecer, continuará rejuveneciendo, pero me temo que las células están presentando un cuadro cancerígeno. De ahí los vértigos y desmayos. ¿Ha sufrido alguno?

—Ayer —dijo Margaret con un hilo de voz—. Me caí, perdí el conocimiento por breves momentos.

—Señora Amicci, debo ser claro con usted. Existe la posibilidad de que sus células al reproducirse indefinidamente formen tumores. En su caso, podría ser masivo, atacar diferentes órganos al mismo tiempo, lo que podría ocasionarle la muerte en muy corto tiempo. Siento ser tan crudo pero es necesario que lo sepa.

Margaret se retiró de la clínica más muerta que viva. ¿Por qué su felicidad había sido tan efímera? No podía darse por vencida, debía hacer algo. ¿Qué le diría a Nick? ¿Qué hacer? ¿A dónde ir? Por sus mejillas corrían lágrimas amargas. Recordó a la mujer del tarot. *Serás muy feliz, tienes dos líneas de vida. ¿Cuánto más sabría ella?* Debía encontrarla. Le dijeron que se había ido a Perú. ¿Por qué no indagó más acerca de ella? Se aferró a esa idea como si de aquella mujer dependiera su vida. Decidió no contarle nada Nick. Y si tenía más mareos trataría de disimularlos.

Esa noche salió a la terraza de su habitación y volvió a poner los ojos en un cielo opaco, en el que apenas se divisaba una que otra luz lejana en el espacio. Recordó la estrella fugaz que vio, la que según su madre concedía deseos. ¿Sería aquella estrella la que había hecho todo posible? Tonterías, se dijo. No existían estrellas fugaces, eran cometas o meteoritos. Todo tenía explicación, y era una pena, hubiese preferido echarle la culpa a una estrella fugaz. Era como haber hecho un pacto, ¿con quién? Con Dios o con el diablo. Era lo mismo, cualquiera de los dos le hubiera pedido algo a cambio. ¿Qué tal si el pacto consistía en conservar la inocencia? Una historia repetida tantas veces… Adán y Eva fueron echados del paraíso al conocer la verdad. Ahora ella sabía la verdad. Por algo no deseaba ir al médico. Al saber su condición había perdido la inocencia. Había perdido el paraíso. La idea fue tomando más fuerza y llegó a convencerse de que era cierta. Se volvió taciturna, la depresión invadió su vida y en lugar de aprovechar los días que, según el médico, le quedaban, se encerró en sí misma.

Se había vuelto una artista de la simulación. Ante Nick se comportaba de manera absolutamente normal, seguía siendo la mujer fogosa con la que él disfrutaba cada vez que sentía deseos, pero cuando él no estaba en casa se transformaba y se encerraba en su habitación.

Se miraba largas horas en el espejo tratando de encontrar algún cambio en su rostro o en su cuerpo y no veía absolutamente nada, excepto que cada día lucía más radiante que el anterior.

Margaret gradualmente fue recuperando la confianza en sí misma hasta la tarde en que sucedió el evento más extraño del que ella tuviera memoria, consecuencia de lo que ocurrió en la terraza en donde ella acostumbraba mirar el firmamento. Se le ocurrió que si ella volvía a dirigirse a quien sea que estuviera allá arriba, no habría motivo para no ser escuchada. Estaba visto que tenía cierta conexión con ese ser. Elevó los brazos y se dirigió a él:

«Solo te pido un poco más de tiempo, no mucho, Un año, solo un año, y te pido perdón por no haber cumplido con mi parte del pacto». Se arrodilló y con la cabeza gacha esperó ser escuchada. Sabía que así sería, tenía plena seguridad, esta vez había logrado tener fe. Tendría que dejar esa vida dentro de un año, su felicidad, el amor de Nick, necesitaba tiempo para hacer lo que hasta ese momento no había hecho. Lo que no sabía explicarse era por qué había pedido solo un año. ¿Sería que el que estaba arriba se lo había sugerido? Tal vez debía convencerse de una vez por todas que nada ocurría sin que hubiera sido dispuesto así. Al menos eso era lo que algunas religiones predicaban, caviló.

Abajo, en el jardín, Leonora observaba con fascinación el extraño ritual que Margaret llevaba a cabo, y no le cupo la menor duda que era una hechicera.

—Manrico, mis sospechas eran ciertas. Hoy vi a Margaret efectuando un ritual diabólico—. La cara de Leonora tenía signos de un temor ancestral.

—Leonora, no vengas con esos cuentos ahora —respondió Manrico, en tono de fastidio.

—¿No te das cuenta? Ella no es católica, en esta casa no hay un solo crucifijo, ni una Biblia, es claro que no cree en Dios —se persignó.

—Y si así fuera, ¿En qué nos afecta? Margaret siempre fue una patrona buena, comprensiva, educada, nunca nos ofendió. ¿Por qué debemos meternos con su vida privada?

—Es cierto, pero me asusta. Ahora confirmo lo que siempre he pensado. Tiene embrujado a Nick.

—Leonora, una mujer como ella no necesita de brujería para enamorar a un hombre, lo tiene embrujado sí, pero por ella misma, ¿o acaso que no te has dado cuenta la clase de mujer que es?

—A eso mismo voy. ¿De dónde crees que viene esa belleza? Acuérdate cuando la conocimos, y mírala ahora, ¡Está más joven!

—*Andiamo*, mujer… también recuerdo que se hizo unas operaciones, ¡ya basta de eso, no es justo hablar así!

—Aun después de las operaciones no se veía mejor de lo que se ve ahora.

—Basta Leonora, quédate tranquila. No te inmiscuyas —concluyó enérgicamente Manrico.

Leonora guardó silencio. Aceptó que no debía meterse en asuntos privados.

CAPÍTULO XXV

Hasta el día en que el médico le hizo conocer su precaria situación, Margaret había vivido a su manera, aceptando lo que la vida le ponía delante, como la mayoría de la gente hace, pero quizá de una forma muy propia. No se oponía a su suerte, tomaba lo que estaba a su alcance y lo que no, lo dejaba pasar. Aprendió desde niña únicamente a sobrevivir sin dejar el menor rastro posible y tratando de hacer la menor cantidad de daño colateral. Lo de Theo había sido excepcional, sin embargo, no se sintió directamente responsable de su muerte porque pensaba que cada persona debía asumir sus propios riesgos. Si estaba dentro de su alcance ayudar a otros lo hacía, pero sin un esfuerzo adicional, solo el suficiente. El caso de Carolina había sido así, de una mujer cuyo rostro era bastante desagradable, había hecho posible una transformación bastante sencilla, y en el camino trató de solucionar un problema secundario, como era el de conseguirle marido y a Theo una buena mujer. No había contado con que a las personas no se las podía manejar como piezas de un juego de ajedrez. El único que podía hacerlo era el que llamaban Dios. Cualquier dios de cualquier religión era el creador de todo y tenía el poder de cambiarle la vida a la gente. Al menos eso deseaba creer ella. No podía ser casual que aquella noche en su balcón pidiera algo y le fuera concedido, ¿y acaso importaba qué dios era? Probablemente el que estaba más cercano a su conocimiento, es decir, el dios de los cristianos. Margaret ahora era una mujer de fe. La diferencia consistía en que creía en un dios, no importaba cuál. Y por momentos pensaba que tal vez no era sino algún demonio. También ellos otorgaban poderes. Lo cierto era que después de pedir un año más dejó de sentir mareos y su salud pareció recuperarse.

No fue al médico porque prefería pensar que hiciera lo que hiciese su suerte estaba echada. Sea por eso o por conservar muy dentro la esperanza de que tal vez el ente que le otorgó la juventud se apiadase de ella, decidió no volver a pisar una clínica. Prefirió utilizar el tiempo en hacer cosas que nunca había hecho. Visitar a Cinthia sería una de ellas. No podía haber sido casual que su hija fuese Bárbara.

Tal vez en Perú lograse dar con la mujer del tarot. Necesitaba hablar otra vez con ella, una mujer así no pasaría desapercibida, habría gente que la conocería, en un país con pocas ciudades grandes no sería muy difícil dar con su paradero. Obviamente, si existía y no había sido obra de su imaginación. ¿Qué le diría a Nick? Esperaba que lo comprendiera, tendría que decirle la verdad, no había otro camino. Lo cierto era que después de todo lo vivido en los últimos días, algo en ella había cambiado. Sus prioridades eran otras, sentimientos diferentes al egoísmo empezaban a anidarse en su corazón, la paz y el sosiego eran ya más importantes que una vida en la que los deseos primaban. Ya no le interesaba obtener dinero, pues lo tenía; tampoco encontrar el amor porque lo tenía, el hombre más codiciado era suyo. También tenía juventud, sus deseos estaban colmados de manera que no había nada que pudiera desear, solo vivir. Había aprendido que la felicidad era la suma de los deseos cumplidos y al mismo tiempo era como un barril sin fondo: insaciable. No existía felicidad total. Era un estado como el tiempo, cambiante, jamás estacionario, inútil perseguirlo porque se parecía al viento, libre y jamás repetitivo, corría de un lado a otro y dependía más del receptor que de cualquier otro factor.

Nick llegó un poco tarde, cansado pero satisfecho, como siempre que las cosas le salían bien. Margaret pensó que el de él era un estado de felicidad más permanente que el suyo porque tenía una meta: la de subyugar al mundo con su música, sus canciones y su presencia. Le inspiraba ternura. ¡Era tan joven!, y sin embargo tan hombre al mismo tiempo.

—Amor, tengo que hablar contigo.

—Dime, cielo.

—Quiero ir a Perú.

—¿Y eso? —preguntó él con suspicacia.

—Me gustaría ir contigo pero eres demasiado conocido, no nos dejarían en paz.

—Comprendo —respondió él.

Lo mismo de siempre, estaba harto de la prensa de farándula, de los paparazzi y de las fanáticas.

—¿Qué harás allá?

—Tengo que firmar unos papeles de una herencia que quedó pendiente, y siento deseos de recorrer los sitios por donde crecí... algún día te contaré mi vida.

—No, mi amor, tu vida me interesa a partir del momento en que te conocí.

—Había pensado ir dentro de dos días, volveré pronto.

—Ya te extraño —dijo él y le dio un beso.

Eran sus palabras preferidas. Ese «ya te extraño» lo recordaba desde la primera vez que se lo dijo.

—Y yo a ti. No me echarás de menos, amor, tienes mucho trabajo con tu nuevo proyecto.

—Siempre te echo de menos. Cuídate para mí.

Durante el vuelo hacia Lima Margaret tuvo un sueño, fue un raro acontecimiento que le hizo ver las cosas diferentes a como ella las pensaba. «Margaret, dices que no crees en mí, pero toda tu vida estuve en tus pensamientos. No tienes alternativa». En una fracción de segundo, cuando ella cabeceaba, esas palabras retumbaron en su mente. Pensó que no las pudo haber inventado, entonces, desde luego, concluyó que había sido producto de un sueño. Y si los sueños eran fruto de su subconsciente lo que había escuchado era bastante cercano a la verdad. Para no ser una creyente gran parte de su vida había transcurrido pensando en Dios. O en el diablo. Porque si existía Dios debía existir el diablo. Desde niña se preguntaba por qué no podía ser como las demás y tener un hogar, una bicicleta, o, al menos, unos simples patines por más que se lo pedía. Escuchó el zumbido del celular. Era un mensaje de Nick. «Recuerda que te amo». «Yo te amo más». Respondió.

Llegó al hotel, buscó la tarjeta que le había dejado Bárbara y llamó a Cinthia.

—¿Hola?

Era su voz. La misma que recordaba, con acento cantarín.

—¿Cinthia? Soy Margaret. Estoy en Lima, me gustaría verte.

—Margaret... por supuesto, ya sabes donde vivo, ¿cuándo te espero?

—¿Podrías venir tú? Hablaríamos más tranquilas.

Cinthia guardó silencio unos segundos. ¿Sería por no encontrarse con Bárbara?

—Estoy sola como siempre, Margaret. No hay nadie que nos interrumpa.

—En ese caso voy saliendo para allá.

Todavía sorprendida, Cinthia dejó el auricular en su lugar. Vería a Margaret. Lo había deseado tanto y sin embargo en esos momentos le producía inquietud. ¿Vendría a reclamarle lo de Bárbara? Fue al espejo y se arregló, ya no era la belleza de antaño, pero seguía siendo una mujer atractiva.

Desde la ventana vio a Margaret cuando bajaba del taxi. Como si no hubiera pasado el tiempo, su misma manera de caminar y de moverse. No había cambiado. Aunque esas cosas nunca cambian, se dijo.

Escuchó el timbre y abrió la puerta. Margaret estaba frente a ella, con su sonrisa retenida tal como la conocía.

—Buenos días, Cinthia, después de cuánto tiempo...

—Margaret... —Cinthia más efusiva que Margaret le dio un abrazo—. Mucho, mucho tiempo, amiga, te ves estupenda, por ti los años se han detenido, vas a tener que contarme tu secreto.

—Gracias, Cinthia, ¡tú también te ves muy bien!

—Me veo como me veo. No nos engañemos —dijo Cinthia sonriendo abiertamente, con aquella sonrisa genuina de siempre, la que arrugaba las comisuras de sus ojos.

Margaret bajó la mirada sintiéndose avergonzada de lucir joven. No podía actuar frente a Cinthia, la conocía mejor que nadie.

—Tengo tanto que contarte, Cinthia, pero antes que nada quiero que me perdones. Me fui y me perdí, pero era esa justamente mi intención, quería cambiar de vida.

—¿Y lo lograste?

—¡Oh, sí! Lo logré. Pero no fue fácil. Edward enfermó y pasó años en una silla de ruedas. Mientras estuvo sano nos fue de maravilla, hasta pensé que estaba enamorada. Vivíamos bien, fueron doce años tranquilos, él me quería mucho. Después todo cambió, tuve que abrir un negocio para mantenerme porque su enfermedad nos dejó en la ruina, después él falleció.

—Cuánto lo siento, Margaret.

—No, no lo sientas. Fue mejor así. Estaba imposibilitado de hacer cualquier cosa por su cuenta. Ya te imaginas. Tuve una agencia de empleos temporales pero no me fue bien, creo que no nací para ser empresaria.

—Pero ahora estás muy bien, tienes un marido millonario.

—Sí, pero antes de eso yo ya lo era. ¿Recuerdas a Julio del Monte?

—Claro que sí, cómo no recordarlo. Fue tu primer cliente.

—Exacto. Al morir me dejó su fortuna. Fue como si me cayera del cielo, Cinthia, porque yo atravesaba los peores momentos, estaba en bancarrota.

—Siempre tuviste suerte, mujer. Su hijo falleció unos años antes, igual su mujer. Su hijo era un tarambana, ¿recuerdas? Estuviste con los dos, por cierto.

—Sí, era un joven alocado, no pensé que su vida terminaría así, pero ya ves, Julio murió sin herederos y me lo dejó todo a mí.

—¿Y cómo haces para conservarte tan joven? No parece que sea producto de cirugías, no tienes la cara estirada ni los labios rellenos de silicona. Te ves muy bien.

—Es una historia un poco rara —dijo Margaret. Se puso de pie y se acercó a la ventana.

El mismo parque por el que tantas veces había cruzado se extendía ante sus ojos. El pino sembrado por la señora Rosita hacía ya tantos años se erguía sobrepasando la mayoría de edificios de cuatro y cinco pisos que rodeaban el parque. Cinthia se le acercó y pasó su brazo por los hombros.

—¿Recuerdas? Hace tanto tiempo que parecen mil años.

—Sí. Fue una buena época, Cinthia.

—¿Piensas así? Siempre creí que odiabas esa parte de tu vida y por eso quisiste perder el contacto.

—No. No tuve motivos, en realidad no es que quisiera perder el contacto, es solo que soy así, lo que queda atrás allá quedó, ¿comprendes?

Cinthia retiró el brazo. Margaret no había cambiado, era tan fría e impermeable como siempre.

—¿Por qué viniste, entonces?

—Porque te debía una visita, y porque debo dejar mi vida en orden.

—¿Qué dices? ¿Piensas programar tu muerte?

—Algo así, Cinthia. Es justamente eso.

—No me asustes, mujer, ¿te vas a suicidar? Luces espléndida, no pareces estar enferma.

—Estoy muriendo, Cinthia, es la verdad.

Cinthia arrugó la frente y la miró con los ojos entornados. ¿Qué estaba diciendo Margaret?

Volvieron a sentarse, esta vez juntas en el mismo sofá. Cinthia puso una mano sobre la suya con ese ánimo protector que la caracterizaba.

—Cuéntame, dime qué sucede, amor.

—No te culparé si no me crees, pero te juro que todo es verdad.

Empezó a relatarle todo lo que le había sucedido, empezando

por la petición que hizo y por la mujer del tarot. Luego la aparición de la herencia y lo de Theo y Nick. Su visita al médico y lo que éste le dijera.

—Asombroso, yo te creo, Margaret, la prueba está ante mis ojos, eres tú. No podrías estar tan joven a menos que todo sea cierto. Lo que no me queda claro es por qué si sabes que te resta un año de vida en lugar de vivirlo a plenitud al lado del hombre de tu vida, viniste a Lima.

—Primero pensé en ubicar a la mujer del tarot, no sé si ella pueda ayudarme pero si una vez fue tan asertiva, tal vez me diga algo que… no lo sé. La verdad es que no lo sé —Dijo Margaret y empezó a llorar con desconsuelo.

—Son tan pocas las probabilidades de encontrarla, ¿cómo sabes que está aquí?

—No sé si está aquí, hace años pregunté por ella y dijeron que había regresado a Perú —repuso Margaret entre sollozos.

Cinthia estaba conmovida, nunca la había visto llorar y menos de esa manera. Se sentía impotente.

—Cálmate, Margaret, ya verás cómo todo se solucionará. No debiste haber hecho esa petición tan disparatada, ¿cómo se te ocurrió pedir un año más? ¡Hubieras pedido muchos!

—¿Es que no lo comprendes? Cuando lo hice fue como si no fuera yo quien lo pidiera, ni siquiera tuve tiempo de pensarlo, fue como si una fuerza superior a mí me dijera lo que tenía que decir, no sé cómo explicarlo, a veces pienso que es el diablo quien está haciendo todo esto, porque Dios no puede ser tan enrevesado, además, ¿para qué? ¿Por qué? ¿A quién o a qué le puede interesar mi vida, mi alma o lo que sea?

—Es verdad. No tiene ningún sentido. Pero lo cierto es que te está sucediendo algo anormal y tú lo sabes. Nadie a los cincuenta y tres años puede lucir de menos de treinta. Esa es la realidad. Si se trata de una extraña enfermedad, no podemos decir que sea una casualidad el que te haya ocurrido a ti, porque, aparte de eso, te llegó una fortuna inesperada y el amor del hombre soñado. Son demasiadas coincidencias.

—Cinthia, reconozco que no soy… que no fui una mujer buena. Siempre vi la parte que me convenía, siempre. En todo, y ni siquiera te agradecí la ayuda que me diste, me desaparecí y ya. Ahora que voy a morir quiero decirte tantas cosas, también sé que Bárbara es hija tuya. Lo deduje después de ver la tarjeta que me dejó. Era tu dirección y ella me era demasiado familiar. Lo que no sé es cómo fue a dar conmigo. Es una de las cosas que quería averiguar.

La tailandesa dio un suspiro.

—Creo que ahora quien tendrá que perdonarme eres tú. Cuando Jack se puso en contacto conmigo —algo que siempre hacen cuando están en Lima—, le dije que quería hablar con Nick y fui a verlo. Lo convencí para que recibiera a Bárbara para que le hiciera un retrato. A él se le ocurrió que mi hija te pintase a ti, porque él estaría pocos días aquí, así que de muy mala gana, hay que decirlo, Bárbara fue a la casa que Nick ocupaba y se conocieron. Pero mi intención no era que hiciera un retrato, quería que él la conociera porque mi hija es una mujer hermosa y brillante.

—Además de joven —acotó Margaret.

—Sí. Pensé que ellos podrían entenderse y creo que hubo algo, aunque después de conocerte Bárbara supo que no tendría oportunidad. Él solo tiene ojos para ti.

—Creo que ella es la mujer apropiada para él, Cinthia. Tu hija podría hacerlo feliz.

—¡Qué dices!

—Lo digo en serio. Él no solo tiene ojos para mí, como dices. Cuando la oportunidad se presenta echa una canita al aire, ¡como todos! Y, la verdad, no me importa. El sexo se lava y se vuelve a usar. El amor, en cambio, es diferente. Lo aprendí contigo, ¿recuerdas?

—Sí, cómo olvidarlo.

—Creo que él tiene alguna que otra aventura cuando está en sus giras, sería imposible que no las tuviera, y hasta creo que es mejor, porque regresa más enamorado.

—Por supuesto, eres una experta, nadie podría competir contigo, menos el tipo de chicas que lo persiguen. Qué ironía… nunca le enseñé a mi hija todo lo que te enseñé a ti. Ella estudió en internados en el extranjero y a pesar de saber a qué me dedicaba, jamás me lo echó en cara.

—Es una mujer inteligente.

—Ya no me dedico a eso. Tengo una pequeña boutique que me da para vivir.

—Bárbara me dijo que nunca supo quién era su padre.

—Es cierto. Era un cliente norteamericano, por supuesto, casado. Lo elegí para ser el padre y él nunca lo supo. No ha regresado al Perú, quién sabe si estará vivo aún.

—Fuiste bendecida con una hija. A veces me hubiera gustado tener un hijo, pero no he podido concebir. He vuelto a menstruar, pero ni así. ¿Dónde está Bárbara?

—En Europa. La mayor parte del tiempo vive allá y prefiero que sea así.

—Entonces tienes una boutique —Margaret retomó la conversación—. ¿La atiendes tú misma?

—No, voy dos veces por semana, tengo una encargada muy eficiente.

—¿Qué haces el resto del tiempo?

—Reuniones aquí en casa con viejos amigos, pero lo hago por placer. Estoy vieja, pero sigo siendo mujer. —Cinthia sonrió con picardía—. Los viejos hábitos son difíciles de erradicar.

—No me digas… pero supongo que ya no cobras.

—No. Pero parece que a ellos también les es difícil habituarse, así que me hacen buenos regalos de vez en cuando.

Margaret la miró detenidamente. Su cabello castaño oscuro producto de los tintes, caía prolijamente cepillado hasta la base del cuello. El maquillaje acentuaba sus ojos expresivos y un leve tono rosa en los labios la hacían verse muy atractiva. Aunque su cuerpo no era el que recordaba Margaret era agradable a la vista, y suponía ella, atractivo para las hombres.

—Te conservas muy bien.

—Nunca mejor que tú. Hoy habrá una reunión, ¿te gustaría quedarte?

—No lo sé. No tengo ánimos para reuniones.

—Si yo estuviera en tu lugar lo haría, aprovecharía cada minuto de mi vida y más, si luciera como tú.

—¿Cómo se conocieron tú y Nick?

—A través de Jack. Él quería hacerlo hombre y el negro Horacio me puso en contacto. Cuando vi por primera vez a Nick era todavía un chiquillo adolescente, pero siempre fue muy apasionado, le enseñé a hacer disfrutar a las mujeres, y durante varios años cada vez que estaba en Perú teníamos encuentros, pero era cosa de negocios, ¿comprendes, no?

—Sí. El mundo es pequeño, quién lo diría.

—¿Estarás en la reunión? —Miró su reloj de pulsera—. Será dentro de poco.

—No lo creo, Cinthia. No tengo ánimos, pero te agradezco la invitación.

—Sabes que no me gusta insistir pero creo que te hace falta.

Margaret también sentía que le hacía falta romper con todo aunque sea un solo día, necesitaba con urgencia tomar hasta emborracharse, perder la cabeza y mandar todo al diablo, ¿qué mejor compañía que la de Cinthia para hacerlo?

—Está bien, acepto, pero necesito tomar algo fuerte, Cinthia.

—Ya lo creo que sí.

Margaret tomó un trago largo de lo que Cinthia le sirvió y sintió el líquido quemar su garganta, hacía tiempo no tomaba ese tipo de cocteles, pero esa noche deseaba hacerlo, ¿qué más podía perder? Sintió que su mente entraba en descanso y un agradable sopor se adueñaba de su cuerpo mientras veía llegar a algunas personas desconocidas, aunque en ese momento poco le importaba si lo eran. Un hombre se le acercó y le dijo algo al oído, y ella sonrió sin entender. Como si fuese la señal que él esperaba la acarició del brazo y Margaret sintió sus manos calientes subir por su antebrazo hasta llegar al escote. La agradable sensación de laxitud se transformó en un acucioso deseo, echó la cabeza hacia atrás como dando aprobación y el hombre desabotonó su blusa y le bajó la copa del *brassiere*. Todo un espectáculo apareció a la vista de todos. Margaret deseaba ser acariciada, deseaba con desesperación hacer el amor, no importaba que fuese ahí mismo y a la vista de todos. Se sintió como en sus tiempos de meretriz y aquello la excitó más. Terminó de quitarse ella misma la blusa, el sostén y se puso de pie en medio del salón mientras todos los presentes la coreaban dando palmas. Dejó caer la falda y quedó en bragas moviéndose con sinuosidad mientras sus cabellos cubrían parte de su rostro. Su cuerpo perfecto mostrando sus redondeces donde debían estar no dejaba de contonearse, se agachó hacia adelante como ofreciendo sus pechos y empezó a bajar la pequeña braga hasta queda desnuda. Alguien le ofreció un trago que ella bebió hasta el final dejando caer su última prenda al suelo. El hombre del comienzo la llevó a una de las habitaciones y otros más lo siguieron bajo la mirada de aprobación de Cinthia.

Horas después, casi al mediodía despertó Margaret. Cinthia a su lado tenía una taza de infusión.

—¿Te sientes bien? Te he preparado una manzanilla, siempre te gustó.

—¡Qué noche, Cinthia! —exclamó Margaret.

Estaba en la cama. Una sábana cubría su cuerpo desnudo.

—Sí. ¡Qué noche! —repitió Cinthia. Como las de antes, creo que te hacía falta.

Margaret sonrió levemente. Recordaba haberse ido a la cama con cuatro hombres y una mujer. Había perdido la cuenta de los orgasmos que ocasionó y que ella a su vez tuvo. Había sido una buena noche.

—Puedo decirte que todos se fueron muy satisfechos, estoy segura de que querrán volver a verte.

—No pienso hacerlo otra vez. Lo de anoche fue… algo que me pedía el cuerpo a gritos. Tal vez no tanto el cuerpo como mi mente, Cinthia, demasiados acontecimientos, demasiadas cosas que no sabía cómo desfogarlas.

—Lo sé, lo sé… no hay nada mejor que el sexo para liberar la mente.

—¿Qué fue lo que tomé?

—Mi trago especial para desinhibir.

—Sabes que soy desinhibida, no necesitaba...

—Lo sé, cariño, pero tu cuerpo quería algo fuerte y te lo di: vodka, ginebra, tequila y ron. Una bomba —dijo Cinthia y rio—: Long Island Ice Tea.

Margaret también lo hizo. Era la primera vez que Cinthia la veía reír de ese modo, con una risa franca, completa.

—Ah, Cinthia, me conoces más que nadie. Te lo agradezco, amiga, fue una buena noche. Ahora trataré de encontrar a esa mujer, la del tarot.

—¿Sigues pensando en eso?

—Sí, no puedo evitarlo, tal vez me diga algo que no sé.

—Estuve pensando que tal vez hiciste un pacto con tu subconsciente. Dicen que la mente es muy poderosa. Tengo una amiga que dice que el perdón cura todo, solo tienes que perdonarte.

—¿Perdonarme? ¿Perdonarme qué?

—No sé. Ve tú a saber.

—No creo en esas tonterías. No me siento culpable de nada, viví mi vida como vino, no me arrepiento de nada que haya hecho, ¿por qué habría de perdonarme?

—Era solo una idea. ¿Entonces para qué viniste a Lima?

—Tal vez para lo que sucedió anoche, ¡qué sé yo, Cinthia! Quería verte y explicarte porqué me fui sin más. Creo que te lo debía. También porque eres la persona que más me conoce y deseaba contarle a alguien lo que me está ocurriendo, estoy muriendo, es la verdad. Y no quiero irme de este mundo dejando cabos sueltos.

—Si no tuvieras la apariencia que tienes no creería nada de lo que dices, pero sé que lo que dices es cierto.

—¡Qué más diera yo porque fuera mentira, Cinthia!

Margaret empezó a sollozar.

—Cálmate, haré algunas averiguaciones, conozco algunos brujos y gente de esa que lee las cartas, tal vez pueda ayudarte.

—Debo llamar a Nick, en medio de todo esto lo olvidé.

—Tu celular estuvo repicando. Lo apagué.

—Será mejor que me vaya, Cinthia, por favor, tenme al corriente de lo que puedas averiguar.

—Lo haré, no te preocupes, confía en mí.

Margaret se vistió y fue al hotel en el taxi que Cinthia había pedido. En el camino llamó a Nick y le explicó que había apagado el teléfono para poder dormir.

Tomó un baño y trató de componer sus ideas, pero no había mucho que pensar. Lo que le ocurría era contra natura y era evidente que el tiempo de vida que le quedaba no se lo había dado ningún ente misterioso sino las palabras del médico que la había visto: *podría ocasionarle la muerte en muy corto tiempo.* ¿Entonces qué sacaba ella buscando ayuda de una adivina? Nada. Era la verdad. Pero su instinto de conservación le decía que debía tratar de verla. Tratar de hacer algo, aunque sea aferrarse a una esperanza tan delgada como un hilo desmadejado.

Aguardó ese día y otro. Y otro más. Finalmente la llamada de Cinthia llegó cuando su capacidad de espera llegaba a su fin.

—Margaret, creo que he localizado a una persona que puede ayudarte.

—¿Quién es? ¿Es ella?

—No lo sé. No me diste nombre, tú no sabías cómo se llamaba, qué te puedo decir. Solo iré por ti y te llevaré a la dirección que me dieron.

—Gracias, Cinthia, te espero.

Vente minutos después abordaba el coche de Cinthia.

—Es evidente que tal vez no sea la misma mujer que te vio, pero me han dicho que es muy buena, es asertiva en sus predicciones.

—Lo que sea, Cinthia. Es mejor que nada.

Fueron rumbo a Chorrillos. Poco después Cinthia tomó un camino desconocido por Margaret.

—¿Dónde estamos?

—Esta zona se llama Atocongo, pertenece a San Juan de Miraflores.

—No la conocía. Lima ha crecido demasiado.

Cinthia detuvo el coche frente a una casa de dos plantas con paredes de ladrillo. Se fijó en la nota y comprobó el número.

—Aquí es. Vamos.

Tocaron la puerta con los nudillos porque no existía timbre. Abrió una niña.

—¿Está la señora Elvira?

La chica asintió con la cabeza.

—¿Podrías decirle que venimos de parte de Marta?

La chiquilla cerró la puerta y poco después volvió a abrirla dejándolas pasar. Atravesaron un patio desolado de plantas. Tierra seca y algunos cajones cuadrados adornaban el lugar. Una puerta de hierro entreabierta pintada de azul las invitó a pasar.

—Buenos días, señoras, soy Elvira. ¿Qué se les ofrece?

—Vinimos de parte de Marta, nos ha recomendado porque dice que usted lee las cartas.

—Sí, cómo no. Pasen por aquí por favor. La consulta vale doscientos soles.

—En realidad buscamos a una persona —interrumpió Margaret—. Ella estuvo en Colombia hace unos cinco años, leía el tarot, la conocí allá.

—¿Colombia? —la mujer pareció pensarlo—. Sé de quién me habla, pero ella ya no trabaja en eso.

—¿Usted la conoce? Por favor, dígame dónde encontrarla.

—Conocerla, conocerla no. Pero tal vez sepa dónde...

—Le pagaré como si me hubiera consultado, sólo dígame dónde.

Elvira parecía dudosa. Las miró de hito en hito y cuando parecía animada a decirles algo, calló.

—No lo sé. Es la verdad.

—Por favor, señora, le daré mil soles, mire, tenga —Margaret sacó un fajo de billetes de su bolso—. Es una cuestión de vida o muerte.

Más de una vez Elvira había escuchado esas palabras. Siempre la gente pensaba que su asunto era cuestión de vida o muerte. Se encogió de hombros.

—Está bien, qué más da, total, no será mi culpa si ella no accede a atenderlas.

—Gracias, muchas gracias, señora Elvira.

Elvira guardó los billetes en uno de los bolsillos de su falda.

—Si es la mujer que creo que es, y no digo que sea —recalcó—. Vive en La parada.

Anotó la dirección en un papel y se lo entregó.

—¿La Parada? ¿En La victoria?

—Claro, ¿acaso hay otra Parada?

—¿Pero La Parada no había sido clausurada?

—Ay señora, claro que sí, pero ya sabe que toda esa zona se la conoce como La Parada. Mire la dirección, ahí está la calle y el número.

—Bueno, gracias, iremos para allá —dijo Cinthia.

—¿Qué es eso de que clausuraron La Parada? ¿No nos estará mandando al desvío? —inquirió Margaret ya dentro del coche.

—No lo creo. Llegaremos y veremos. Lo malo es que queda al extremo opuesto de donde estamos ahora.

Después de más de una hora debido al tráfico llegaron a una zona que Margaret no recordaba haber visitado antes. Estaban en el jirón Alexander Von Humboldt tal como decía la nota. Cinthia detuvo el coche frente a una pequeña bodega con anuncios desgastados en la parte de afuera.

—Aquí es —dijo.

—¿En la bodega?

—Al lado, en la reja. Número 400.

La reja abierta de color gris oscurecido por la suciedad las dejó pasar. Subieron por unas escaleras que olían a moho, y un tufo ha guardado. El hedor a fritura y a orines de gato llenaron sus fosas nasales. Tocaron la puerta que ostentaba el número dos pintado a mano. Un hombre moreno con bigotes se asomó a la puerta.

—Buscamos a la señora que lee el tarot. Venimos de parte de la señora Elvira.

—Aquí no vive nadie que lea el tarot.

—Esta es la dirección que nos dieron, mire. —dijo Cinthia enseñándole el papel.

—Sí, la dirección es, pero creo que se equivocaron.

—Si nos dejas verla puedo pagarte muy bien. Con lo que tú quieras —dijo Margaret con una mirada insinuante—. Y como tú quieras, cariño, solo déjanos hablar con ella.

El hombre la miró de arriba abajo. Hizo una mueca y con un gesto les indicó que entraran.

—Siéntense. Espero cobrarte —le dijo a Margaret dándole un pellizco en la nalga. Fue por un pasillo y entró a uno de los cuartos.

Un rato después volvió a salir.

—Esperen, las atenderá. —Se sentó frente a ellas y antes de que pudiera empezar a desvestir a Margaret con la mirada, la voz de una mujer se escuchó.

El hombre se levantó y fue hacía el cuarto. A Margaret el corazón le dio un vuelco, había reconocido la voz.

—Dice que pasen.

La mujer se hallaba sentada al borde de la cama. Su rostro demacrado y de grandes ojeras indicaba que estaba enferma.

—Así que eres tú —dijo, mirando fijamente a Margaret—. Te ves muy bien. Mejor de lo que recuerdo.

—Sí. ¿Recuerda lo que me dijo? Todo se cumplió.

—¿Pero?

—¿Pero? —repitió Margaret.

—Si estás aquí es porque hay algo que no salió bien, ¿no?

—Estoy muriendo.

—En ese caso no veo qué pueda hacer. Yo solo digo lo que veo en la palma de las manos.

—Por favor, léamelas otra vez, dígame qué pasará conmigo, estoy desesperada.

—Dame tu mano izquierda.

Margaret extendió la mano.

—Dígame todo lo que ve, por favor.

—Veo lo mismo que antes. Dos vidas, dos caminos, Mucha suerte, mucho dinero y mucho amor. Lograste lo que querías, tienes todo lo que un ser humano puede desear. Eres una mujer con suerte. ¿Qué más quieres?

—Un médico me vio y dijo que tenía poco tiempo de vida.

—Es lo que se ve aquí, las dos líneas de vida son cortas, morirás antes de los sesenta. Te falta mucho todavía.

—Tengo cincuenta y cuatro.

La mujer la miró y arrugó los ojos.

—Algo te hiciste que te ves tan joven.

—Es la enfermedad que tengo, es muy largo de explicar…

—¿Para qué has venido? ¿Qué quieres de mí?

—Nada. Ahora sé que moriré muy pronto. Ya no puedo hacer nada... ¿Acaso cometí algún error? ¿Por qué me sucedió esto a mí?

—Tuviste una buena vida, no te quejes y no pidas más. Muchas quisieran haber tenido todo lo que tú. Yo también estoy muriendo y no hago tanto aspaviento, ¿o es que crees que tú mereces vivir más que yo?

—Es que justo ahora que encontré el amor, que soy feliz, ahora que no debería morir...

—¿Que no deberías morir, dices? ¿Quién te crees que eres para decirlo? Yo no he llegado a ser feliz jamás ni he tenido todo lo que tú lograste y también voy a morir. ¿Por qué piensas que tú eres especial?

—Perdón, no quise decir eso, es solo que hubiera preferido no llegar a tener nada para no tener nada que perder. Sí, eso es.

—Déjate de hablar bobadas, hija. Confórmate con lo que tienes y disfrútalo. No busques la quinta pata al burro. Nadie es especial, ¿entiendes? Nadie. ¿Crees que no es justo porque eres una mujer hermosa? ¿Qué crees que piensan las que no lo son?

Cinthia que hasta ese momento había permanecido callada, puso una mano en el hombro de Margaret.

—Vámonos, Margaret. Es lo que te dije: disfruta hasta el final. Solo eso.

—Así es. Ya no vale la pena quejarse ni arrepentirse, eso no sirve de nada. Al final todos vamos al mismo hoyo. Y no te preocupes por lo que le prometiste a ese holgazán de afuera. No le debes nada —dijo la mujer.

—Tenga esto, buena mujer, y no lo rechace, por favor —Cinthia le dio un fajo de billetes—. Muchas gracias por recibirnos.

Margaret se acercó y besó a la mujer.

—¿Cómo se llama?

—¿Importa? Lograste dar conmigo sin saber mi nombre.

—Tiene razón. Poco importa. Adiós y gracias por decirme lo que debía escuchar.

—Ni todo el dinero del mundo hará que recupere la salud —
dijo la mujer agitando los billetes con la mano—. Pero gracias.

CAPÍTULO XXVI

Sintió vibrar el bolso. Sacó el celular; era Nick. «Ya te extraño» decía el mensaje. «Yo te extraño más». Contestó ella. «Estoy de regreso».

Las palabras de la mujer del tarot habían calado hondo en Margaret. Regresaba determinada a afrontar lo que sea que viniese, y si, como según el médico, le quedaba poco tiempo de vida, tendría que aceptarlo, pero no le diría a Nick nada todavía. No al menos hasta que los síntomas de la enfermedad se manifestasen. *¿Que no deberías morir, dices? ¿Quién te crees que eres para decirlo? Yo no he llegado a ser feliz jamás ni he tenido todo lo que tú lograste y también voy a morir. ¿Por qué piensas que tú eres especial?* Las palabras retumbaban en su mente.

La mujer había sido dura, pero había dicho la verdad. Tal vez ella no había hecho un pacto con nadie, simplemente le había tocado. La lotería de la vida era así, unos nacían en cunas de oro y otros en lugares paupérrimos en África. Eso no dependía de nadie, era así y punto. A ella le había tocado esa vida y la viviría hasta el último día; muchos no tenían ni la décima parte de lo que ella había obtenido. Las horas que pasó con Cinthia las guardó como un grato recuerdo, incluyendo la orgía. Sonrió al evocarla, no sentía remordimientos ni le parecía que había hecho algo malo, se había divertido y había sentido mucho placer, por momentos le pareció que el tiempo no había transcurrido y ella era todavía la joven que vivía en casa de Cinthia Marlow, la tailandesa cuyo padre fue un americano que nunca conoció. Como tampoco ella había conocido al suyo al igual que Bárbara. Era como si la historia se repitiera eternamente: ¿acaso hacían falta los hombres para criar a los hijos? Los que así lo afirmaban se engañaban o trataban de sembrar patrañas. En sus casos los hombres solo habían servido de sementales. Excepto que ella no podía concebir y no deseaba hacerlo porque no podría criar a su hijo. La naturaleza era sabia. Como siempre, su mente revoloteaba de un lado a otro, sin detenerse.

El vuelo desde Lima a Los Ángeles era largo, hizo escala en Miami y después de dos horas prosiguió, tomó una pastilla para dormir porque los pensamientos la mantenían inquieta, necesitaba descansar.

Al llegar a casa supo que era feliz. No perdería el tiempo preguntándose el porqué de todo. Viviría, simplemente.

—Te amo, Margaret, te extrañé mucho —dijo Nick abrazándola contra su pecho.

—Yo también, amor. Fueron pocos días, pero se me hicieron eternos.

—¿Qué hiciste allá?

—Tenía que solucionar un problema de herencia. Tuve un padre que no me reconoció, no sé si te lo había dicho —mintió Margaret.

—No, nunca me hablaste de él.

—Pues eso, firmé unos papeles y asunto arreglado.

—La nueva producción está quedando espectacular, creo que será un éxito —apuntó Nick.

—Lo sé, mi vida, tu voz es única. Tú eres único.

Y el tiempo transcurrió sin mayores sobresaltos en la etapa más tranquila de la vida de Margaret hasta que cierta mañana sintió que no podía mantenerse en pie. Se sintió tan débil que llamó a Leonora.

—Llama al doctor Neumann, por favor. El teléfono está en mi directorio.

Eso hizo Leonora y le pasó el auricular.

—Doctor Neumann, buenos días, necesito que venga a casa. Me siento muy débil.

—Será mejor que venga usted, señora Amicci, tendremos que

realizarle exámenes que no podremos hacer en su casa. Si es necesario puedo enviarle una ambulancia

—No, doctor, iré.

Leonora la miraba consternada.

—¿Desea que llame al señor Nick?

—No. Todavía no. Dile a Manrico que me ayude, debo ir a la clínica.

—Yo iré con usted.

—Gracias, Leonora.

Nunca se había sentido tan debilitada, le costaba caminar, y por momentos los vértigos le hacían perder el equilibrio. Cuando llegaron a la clínica de inmediato la sentaron en una silla de ruedas y fue llevada al consultorio del doctor Neumann.

—¿Desde cuándo se siente así? —preguntó él.

—Desde que desperté esta mañana. Ayer me sentí un poco mareada pero no le di importancia.

—La enfermera le tomará muestras de sangre. También le haremos una biopsia a la médula ósea. Debe quedarse en la clínica.

Margaret sentía un dolor agudo en el pecho y le estaba costando trabajo respirar. Asintió con la cabeza porque le era difícil hablar. Se empezaba a deteriorar rápidamente. Su palidez era preocupante.

Cuando Nick llegó a la clínica no podía creer que Margaret estuviese tan enferma, la había visto pocas horas antes y le pareció que estaba muy bien. El médico tuvo una larga charla con él y le explicó la situación.

—Las células están formando tumores y se está desarrollando un cáncer linfático. Este tipo de cáncer ataca la médula ósea y los órganos vitales, y está reproduciéndose a una velocidad anormal, es probable que no le quede mucho tiempo de vida.

—¿Cómo es posible? ¿Así, de un momento a otro?

—Su esposa vino a verme hace poco más de un año. Le dije

que corría el peligro de que desarrollara todo el cuadro que hoy se está presentando, ¿usted no estaba al tanto?

—No. Nunca me dijo nada —dijo Nick.

—Su esposa tiene una extraña enfermedad en la sangre que hace que sus células, las de todo el cuerpo, se regeneren indefinidamente, lo que ocasiona una juventud permanente. Al mismo tiempo, las células, como temíamos, son cancerosas, pues son las únicas que pueden multiplicarse de manera indefinida, lo que está ocurriendo es que su sistema ha colapsado.

—No puede ser... no comprendo cómo pudo suceder —murmuró Nick.

—Créame que nosotros tampoco, es una rara enfermedad que nunca habíamos visto y no existe cura para ella. Lo sentimos mucho, si le dijera que la podríamos tratar estaría creándole falsas esperanzas.

Nick se cubrió el rostro con las manos y permaneció así un buen rato, sentado en el sillón frente al escritorio del médico. Al levantarse tenía los ojos rojos.

—¿Puedo verla?

—Por supuesto. Venga conmigo, podría llevarla a casa si lo desea, aquí es poco lo que podemos hacer.

Nick caminaba como si le hubiesen puesto plomo en la suela de los zapatos, tenía que hacer un esfuerzo sobrehumano para dar cada paso. Llegaron a la habitación donde Margaret descansaba.

—Le hemos administrado un sedante porque estaba muy alterada —explicó el doctor Neumann.

—Gracias.

El médico los dejó solos. Nick miró el rostro pálido de la mujer que amaba y notó las intensas ojeras que oscurecían la cuenca de sus ojos. Su belleza estaba inalterable, la palidez le daba un cariz delicado, etéreo. Esperó sentado a su lado hasta que ella despertó en la mañana.

—Margaret. Mi vida, aquí estoy, dijo acercando su cara a la de ella.

Al abrir los ojos y ver el rostro de Nick sobre ella tuvo la sensación de que era su ángel. Así debían verse si existían, pensó. Pero los ángeles no existían, como no existían los milagros ni el ser que llamaban Dios. Y si existía no tendría el menor interés en su problema que solo significaba una ínfima parte de todo los males de la Tierra. Pensó.

—Nick... perdóname por no decírtelo. No quería que te preocuparas antes de tiempo.

—¿Desde cuándo lo sabías?

—Desde hace poco más de un año. En realidad lo presentí desde siempre, nada puede ser tan bueno, ni durar para siempre.

Nick la escuchó en silencio sin comprender lo que ella decía.

—Te voy a llevar a casa, quiero que estés allá, no me separaré de ti ni un segundo.

Y llevaron a Margaret en una ambulancia sin sirena. No era necesaria porque no había ninguna emergencia, pero la ambulancia parecía una carroza fúnebre de color blanca y roja. Su entrada a los jardines fue silenciosa, tétrica, presagiando el mal que se avecinaba.

Nick canceló todos sus compromisos de trabajo y se dedicó en cuerpo y alma a cuidar de Margaret.

—Aunque los doctores digan que no tienes cura, yo sé que sí, amor, Dios no puede permitir que te mueras justo ahora.

Margaret escuchaba las ingenuas palabras de Nick. Él era muy católico, se lo había dicho muchas veces, creía en Dios y estaba seguro de que todo lo que tenía se lo debía a él. Ella no quiso contradecirle porque no lograba absolutamente nada con eso. Se limitaba a escucharle y darle la razón.

—Nick, ven aquí, siéntate, tengo tanto que contarte, es la historia de mi vida —le dijo una tarde. Había mandado poner su cama al pie de la gran ventana del dormitorio para que la luz de la luna la bañara completa en esos días de plenilunio.

—No, Margaret, solo quiero saber de tu vida a partir de nosotros, no es necesario.

—Para mí sí, Nick, tal vez comprendas todo lo que está sucediéndome.

Él, obediente, se sentó a su lado y le tomó la mano.

Margaret le contó su infancia, de sus carencias, y también de los momentos felices en medio de su ingenua pobreza. De la muerte de su madre y en qué circunstancias había conocido a Cinthia, la tailandesa, y a lo que se había dedicado desde su adolescencia y su juventud hasta su matrimonio con Edward Mirman. De la enfermedad de su marido y de su fallecimiento. Después, de su vida monótona, dedicada a trabajar para salir de la precaria situación en la que había quedado. Habló de sus años en el anonimato tratando de sacar a flote una empresa que a todas vistas era un fracaso desde que empezó y también de su soledad y abandono.

—Pensé que Dios, ese en el que crees, me había escuchado cuando hice la petición aquella noche, Nick —continuó Margaret—. Pero no había sido él. Solo se trató de una serie de circunstancias, ahora lo comprendo. Fue el resultado de mis acciones pasadas. Julio del Monte fue mi primer cliente y me dejó toda su fortuna.

Prosiguió contándole acerca de todo lo que había hecho a partir de ese momento.

—¿Cómo puedes estar tan segura de que no fue un milagro? Está claro para mí que desde que pediste ese deseo, todo te fue concedido.

—Porque no creo que exista un dios que sea tan malvado como para arrebatarme la vida siendo como soy tan feliz. No tiene sentido.

—Es porque Dios te pone a prueba, Margaret.

—¿Y por qué habría de hacerlo? Es absurdo.

Nick no quiso contradecirla y se guardó su respuesta. Sabía que sería inútil convencerla; hasta él empezaba a dudar.

—Cuando me conociste yo era una mujer madura de cincuenta años, amor. Y mírame ahora, me veo tan joven como tú. Podría ser un milagro, pero los médicos dieron una explicación científica y estoy muriendo. ¿Qué clase de milagro es ese?

—Desde que te vi me enamoré de ti —dijo Nick. Y hoy te amo más que nunca.

—Yo también me enamoré de ti, Nick, pero tenía miedo. Miedo de la diferencia de edades, de nuestras maneras de pensar, ¡de tantas cosas! Entonces hui y estuve con Theo, pero reencontrarme contigo hizo que lo dejara y no me arrepiento.

Nick no respondió. La miraba con intensidad, se preguntaba por qué cuando la gente era feliz tenía que llegar la tragedia. A la mujer que amaba le quedaba poco tiempo de vida, días, quizá horas, y no había nada que pudiera cambiarlo.

—Perdóname por no darme cuenta por todo lo que estabas pasando, Margaret.

—No tengo nada que perdonarte, Nick. Solo quiero que me prometas que cuando muera tratarás de ser feliz con una mujer joven, una que te pueda dar hijos.

—Nunca. Nunca te olvidaré, mi amor.

—Lo harás. Primero me llorarás, después me extrañarás y al final solo quedaré en tus recuerdos como algo lejano. Así es, y así será siempre.

Margaret cerró los ojos. Se sentía cansada. El esfuerzo de hablar tanto había sido demasiado, la garganta le dolía. Se quedó dormida.

Leonora estaba siempre a su lado, así como una enfermera, entre las dos la atendían y aseaban; a pesar de todo, Margaret quería que Nick la siguiera viendo como siempre la había visto, arreglada, pulcra, perfumada, y sobre todo bella y joven.

Una noche ya sin fuerzas para levantarse, contemplaba las estrellas desde su lecho, a través de los amplios ventanales con las cortinas descorridas y pensó: «Quizá no estuviera muriendo ahora si no hubiera acudido a hacerme el chequeo general aquel día que me sentía mareada. Cuando se pierde la inocencia, se pierde el paraíso». Pero era inútil pensar en los porqués, la realidad es que la vida se le escapaba de manera inexorable, lo sabía, lo sentía, y supo que su momento había llegado cuando una estrella fugaz cruzó el firmamento como aquella noche no tan lejana.

Vio el rostro de Nick sobre el suyo, pudo ver sus facciones usualmente plácidas mostrando un rictus de angustia, sus ojos enrojecidos y su mirada triste. Ella deseaba decirle que también lo había amado, que siempre la había hecho feliz, deseaba agradecerle por ser como era, pero de su garganta no salió sonido alguno, sintió que sus labios se movían, pero no escuchaba su propia voz. Una lágrima rodó por la mejilla de Nick y fue a caer en la suya, pero Margaret no la sintió. El rostro de él se fue haciendo borroso hasta desaparecer por completo. De pronto, ella estaba arriba. Se veía a sí misma en el lecho y a su marido sollozando arrodillado al lado de su cuerpo inanimado, a la gente que entraba y salía de la alcoba, y finalmente a Nick solo, besándole tiernamente en los labios, murmurando palabras de despedida. Desde donde se encontraba podía ver todo lo que sucedía abajo, como si las paredes fuesen invisibles. Vio a Theo encorvado en una esquina de la sala cubriéndose el rostro con las manos y nadie parecía reparar en su presencia. Vio a su madre de pie frente a su lecho de muerte. Margaret observaba como si el asunto no fuera con ella. No entendía el dolor de los que estaban abajo, solo sentía apatía por lo que antes había significado todo para ella. Sintió que se alejaba, y a medida que lo hacía, ese mundo en el que tanto había disfrutado, y donde se habían hecho realidad todos sus deseos, se fue haciendo pequeño, convirtiéndose en una maraña de pasiones. Comprendió que así veía la Tierra quien sea que la hubiese creado. Como un todo. No se fijaba en individualidades. Ahora lo entendía, y mientras se alejaba, sentía en su nuevo ser una libertad plena y absoluta. ¿Había hecho un pacto? Se preguntó.

«Sí» Fue la respuesta.

«Ven, te enseñaré el camino», dijo una voz en su mente, como si fuese su propio pensamiento. Se dejó llevar y supo que llegaría a conocer al que concedía favores, y a medida que se internaba en el infinito, se preguntaba por qué había temido tanto salir de aquel envoltorio de piel del cual se había sentido tan orgullosa. Un frío gélido disipó su alegría, la libertad empezó a transformarse en un pesado fardo, la claridad en tinieblas. Alguien se estaba convirtiendo en el dueño de su alma, de su esencia, de su ser. La libertad se esfumaba.

«Es el pago por los favores recibidos», sintió en su mente. ¡Y había pedido tanto!

«Sólo un deseo más...» susurró la voz como hacen los amantes. «Sólo uno más... y serás mía».

«No deseo nada más» —Pensó ella.

Abajo todos miraban la fosa mientras recordaban a Margaret, la divina, una mujer con suerte.

—Descansa en paz.

Fue el deseo póstumo frente a su ataúd.

Y fue lo que escuchó Margaret allá en la lejanía de la inmensidad oscura, rogando que su pesadilla estuviese terminando y que aquel deseo frente a su tumba se hiciera realidad.

Fue entonces cuando algunos creyeron oír un largo grito agónico mezclándose con un trueno que anunciaba tormenta. Las últimas lágrimas se fusionaron con las primeras gotas de lluvia y el ulular del viento fue perdiéndose junto a los pensamientos de los dolientes.

—Se nos fue Margaret, una mujer con suerte. Todos sus deseos eran concedidos —murmuró alguien.

El cementerio fue quedando vacío. Nick fue el único que permaneció frente a la fosa con el ataúd hasta que terminó de desaparecer bajo las palas de tierra que lanzaban los enterradores.

Al volverse camino al coche le pareció escuchar una voz:

«¿Hacemos un pacto?»

Pero él estaba demasiado atribulado para prestarle atención.

OTRAS OBRAS DE LA AUTORA

Si te gustó esta novela…

Te invito a leer mis otras obras en Amazon:

LA BÚSQUEDA, es la historia de un niño que solo quería ser un Boy Scout, pero que la vida lo transformó en un héroe. Fue prisionero de los nazis en Auschwitz y en Mathausen, pero su historia no termina ahí. Apenas comienza. Tomado de hechos de la vida real.

EL LEGADO, misterio, intriga e historia unidos. La vida del personaje más controversial entre los allegados a Hitler: su astrólogo. El vidente Erik Hanussen. El único que se enfrentó al Führer y osó retar al destino. ¿Y si un desconocido ofrece concederte un deseo?

EL CÓNDOR DE LA PLUMA DORADA, una historia de amor que dio inicio al secreto mejor guardado de los incas. El imperio incaico, su visa, guerras intrigas… Absolutamente documentada. Finalista del Premio Novela Yo Escribo.

EL MANUSCRITO 1 El secreto, La novela que batió todos los récords de venta en Amazon y actualmente a la venta en todas las tiendas digitales, en los primeros lugares. Ahora bajo el sello B de Books de Ediciones B.

Un manuscrito misterioso en el que está escrita la vida de las personas es hallado por un escritor fracasado. Nicholas Blohm comprende que debe ubicar a los personajes de la novela y… se convierte en uno más.

EL MANUSCRITO II El coleccionista. Un mensaje oculto por Giulio Clovio el miniaturista más famoso de la historia, desata la aventura, una búsqueda que se lleva a cabo en pleno siglo XXI.

LA ÚLTIMA PORTADA, relata la historia de Parvati, la hermafrodita. Hombres y mujeres la adoraban. El abandono de la espiritualidad frente a la decadencia de Occidente. Apasionante historia de amor.

EL PISO DE LA CALLE RYDEN, y otros cuentos de misterio, intensos, oscuros, misteriosos…

AMANDA es gruesa, tosca sin modales, pero su mirada enloquece a los hombres ¿Eres de los que todavía busca la felicidad?

EL GIGOLÓ una historia de amor exquisito. Cuando los sentimientos van más allá de lo permitido. Una novela romántica

¿QUIÉN ERA BRIAN WHITE? Un misterio que nace desde su concepción. Un amor arrollador que determinará su camino.

DIMITRI GALUNOV El niño encerrado en el psiquiátrico no estaba loco… poseía una de las mentes más brillantes del universo.

Muchas gracias por leerme, si deseas comunicarte conmigo puedes escribirme a:
blancamiosi@gmail.com

O puedes visitar mi página de autor en Amazon:
http://www.amazon.com/Blanca-Miosi/e/B005C7603C/ref=ntt_athr_dp_pel_pop_1

Mi blog:
http://blancamiosiysumundo.blogspot.com/

ÍNDICE

Made in the USA
Middletown, DE
19 December 2020